抗战三部曲①

老街的生命

林家品◎著

SPM
南方传媒
广东人民出版社
·广州·

图书在版编目（CIP）数据

老街的生命 / 林家品著. —广州：广东人民出版社，
2015.4（2023.6重印）

　　ISBN 978-7-218-09859-3

　　Ⅰ. ①老…　Ⅱ. ①林…　Ⅲ. ①长篇小说—中国—当代
Ⅳ. ①I247.5

中国版本图书馆CIP数据核字（2014）第300264号

LAOJIE DE SHENGMING
老 街 的 生 命

林家品　著

出 版 人：肖风华

责任编辑：梁　茵　白　雪
封面设计：尚书堂
责任技编：吴彦斌　周星奎

出版发行：广东人民出版社
地　　址：广州市大沙头四马路10号（邮政编码：510199）
电　　话：（020）85716809（总编室）
传　　真：（020）83289585
网　　址：http://www.gdpph.com
印　　刷：旭辉印务（天津）有限公司
开　　本：787mm×1092mm　1/16
印　　张：14　　字数：180千
版　　次：2015年4月第1版
印　　次：2023年6月第4次印刷
定　　价：30.00元

如发现印装质量问题，影响阅读，请与出版社（020-85716849）联系调换。
售书热线：（020）87716172

献 给——

在偏僻的山区
被屠杀的
为人们所遗忘的
人们

引　子

　　这是一部小说，但书中的主要人物和事件，都是真实的。故事发生在1944年9月的湘西南新宁县境内，只是事件发生的某些乡下地点，因小说结构的需要，做了一些调整而已。那些惨死在日本兵手里的生命，用他们生前的话来说，是"既没撩日本人，也没惹日本人"，几乎没有被屠杀的起因。但他们就是被集体屠杀了。而集体屠杀的手段，比德寇将犹太人灭绝于毒气室内有过之而无不及。因为这些被屠杀的乡民生活在偏僻山区，死了也就死了，没有人再去提起。不但连墓碑（哪怕是空冢的集体无名墓碑）都找不到一块，就连新修的家谱中，也最多只有一句：殁于某年某月。

老街的生命

上 篇

一

　　湘西南边陲的扶夷江，从广西资源县流出，过了新宁县城二十里，江畔有一条老街，名曰白沙街。

　　街道是一色的青石板，崭齐的一块连着一块；街道两旁的铺子均为二三米高的鹅卵石基脚，黛色的、黄色的、灰色的、白色的鹅卵石，堆砌出一条条彩带，将前有堂屋、铺房，后有天井、灶屋的房子紧紧箍住，不但煞是好看，且防水防潮，坚固异常，为他地所罕见；鹅卵石基脚上为两层楼高的青砖，最上面一截方盖土砖，为的是日后向高空发展便于拆卸加砌。铺门皆为一色的桐油木板门，立于颇高的门槛上。

　　每天都有从乡下进街来买货的乡民，无论走进谁家铺子，必先双手打拱：

　　"发财，你老人家。"

　　"你老人家，发财发财。"

　　铺子里见来了客人，不管是不是要买货，也不管是不是比自己年轻，忙喊你老人家请坐，吃烟，吃茶。*如果是夏天，捎带着会递过来一把蒲扇；若在冬日，便喊快进火柜里暖和暖和。

　　火柜就在卖货的柜台下，形似无盖的长木挑箱。里面用瓦钵子盛着碎木炭火，木炭火上焙着灰，中层以木格踏板隔开，可踏脚，也可全身

---

　　* "吃烟、吃茶"为当地口语。另如"走人家"，即走亲戚。文中使用的一些口语，凡是意思明白的，均省略了注释。

3

蜷伏于内，盖上床盖脚被，暖烘烘的好讲白话。

端上茶，端上切得极细极细的柳丝烟，递过水烟筒，点燃长纸煤，"噗"地一吹，吹燃火，替客人点着烟，再将纸煤交与客人，便相互讲白话。

白话多讲的是街上见闻，四乡逸事，今年的收成，栏里的猪喂得有多大……间或说到某某女儿竟与某某男子私通，待到那女儿的肚子日渐隆起，那男的却跑得不知了去向。于是俱对那男子表示愤慨。尽管这某某女儿和某某男子私通的故事，早已各自和他人说过多次，但依然在愤慨后表现出些许惜叹，惜叹的是那女子着实漂亮，这么一朵上好的花遭孽了。末了铺子的主人才问一声，你老人家要办些什么货？是自家用还是做人情、走人家？

倘若是自家用，那分量就称得足而又足；倘若是走人家，则少个二钱三钱，将纸包子包得又大又好看。

待到又来了客人，火柜里的这位便起身，说得走了走了，得回家去了，让新来的客人进火柜暖和。提着货，往外走，铺子的主人必送出铺门，送到街上，喊："你老人家好走，好走，下次再来，再来讲白话。"

走出横街，走到临江的吊脚楼下。吊脚楼上常有漂亮女子，抑或阿嫂，伏于木栏杆上，看江上的风景，看一群群白鹅在绿波上游划，看江中渡船上的年轻后生。猛低头，看着了提货的乡人。倘若见这乡人也还标致，或木讷得很有几分可爱，便端起脚旁蓄满水的铜盆，往下一波，却决不会泼到乡人身上，只是吓他一跳。而后格格地笑得满足。引得乡人仰头，再仰头，朝她看。乡人看着了后，大抵只会说一句，你老人家，差点将水泼到我身上。说完，勾着头，像怕吊脚楼上的女子追下来似的，迅疾往江边走。

走到江边石码头。江水澄净如练，静静地悄无声息地蜿蜒。水很深，但一眼能望到河底溜圆的鹅卵石。江中间或有些树枝葳蕤，那是捉鱼者所为。捉鱼的其实很少，数得出的几个青皮顽者。一般来说街上人不准随意打捞江中的生灵。

踏到石码头的脚步震动了江水，便有一群游鱼迅疾赶来，以为来到石码头的人又会扔下些许食物。未见动静，却不游开，反而相互嬉戏，嬉戏着泛起无数细碎的涟漪，似向那水中的人影邀宠。

河对岸，宽阔的沙滩泛着银光，银光中缀有草地，草地多为马鞭子草，生命极其顽强，不论春夏秋冬，总是一个劲地在沙地里拓展。相互并不依靠的老树则各自在沙地里兀然而立，夏日里，一棵老树就遮掩出一片绿荫的天地；冬日里，则向苍天展示着虬龙般的枝杈。

银光边沿处，耸立出一片褐色的山崖，山崖重叠起伏，摇曳着长青的灌木。灌木丛中，隐伏着一个岩洞。无论街上人、乡里人，皆称它做神仙岩。

赶到码头上的乡人看着那渡船已经起篙，已经离开岸边，但只需喊声，"等一下"，那渡船便又往岸边驶来。船上必有人伸出手，助上船者一臂之力。若是年老的，必有人让座，让其坐于船舱边。若非年老者，则将手中的货交与另一人，抓过船夫手中的篙杆，说："你老人家歇一歇，待我来。"一篙撑开渡船，打一声"喔呵""开船喽！"，船便缓缓地往对岸驶去。

船上人在渡河的时间里，又会相互讲些白话。间或也会讲到那神秘莫测的神仙岩。

二

　　老街整日里透着祥和与繁华。

　　在祥和的日子里，在淳朴的民风中，在开口必称"你老人家"的礼性中，在永远美丽不改本色的自然风光中，老街没有警察，更没有驻兵。只有在二十里之外的县城，才有为数不多的治安维持者。据说也有几条枪，但街上的人似乎从未见过。"丘八"自然是识得的，但那是过兵，过一阵也就没了，完了。

　　隔个十天半月甚或一月两月的，街上会来个管事模样的人，手里抓一个撮箕，进了铺子后，即使是冬日也不进火柜，而是坐于可随手提动的火箱上。这火箱是一个小巧的半圆桶，冬天在半圆桶低部放一燃着木烬火的瓦钵，既能烤热脚也能烤热臀部。其余季节则将瓦钵抽掉，成了凳子。管事模样的人不讲多少白话，只吸完递过来的一袋柳丝烟，或喝完泡好的一碗谷雨茶，便开口：

　　"你老人家，上头要收税了哩。"

　　铺子的主人忙回答：

　　"晓得，晓得，你老人家。"

　　便领了来人往楼上走，打开谷仓，撮些谷子放撮箕里，也不用称，估摸着差不多便行。

　　这一日，位于上街写有"盛兴斋"三个大字的南货铺里，进来了本街的街长——之所以称为街长，因为他既是管事的头儿，却又无其他头街可称。

街长也是手抓一个撮箕。

"只怕要遭劫难呢！"街长放下手里的撮箕，捏一撮极细的柳丝烟，塞入水烟筒，就着纸煤火，吸得水烟筒"咕噜咕噜"响，喷出长长的烟雾后，对"盛兴斋"的主人说出这么一句话。

"是过兵吧？又是像往常一样过兵吧？"

"盛兴斋"的主人，也就是我的父亲，赶忙小心翼翼地问。那小心翼翼里，是希望街长的回答很随便，很轻松，真的是像往常那样来一队兵，路过，最多在街上吃一餐饭而已。

"按理说也应该是过兵，不过这回过的只怕是日本兵。"街长放下水烟筒，话语里不无忧虑。

街长一说出日本兵三个字，正在忙活的女主人——我的母亲，忙放下手里的活计，急匆匆赶了过来，问：

"那日本兵，该不会杀人放火吧？"

街长说：

"谁知道，我也没见过。"

街长说的是实话，他不唯没见过日本兵，就连日本人已经占领了宝庆府都不知。那宝庆府离白沙有多远呢？其实不过三百来里。但若从白沙坐船顺扶夷江而下，需五六日；若从宝庆溯江而来，得要十来日。且滩多险急，常有船只被打翻。如若是走旱路，尽为山岭，小路崎岖，兼有虎豹，行人甚少。故逃难的人到了新宁县界，便往东安方向去了。

因为无难民带来的消息证实，街长自然不知。可街长又听上面有人发了一句话，说这次的税粮得快点缴上来，恐防日本人要来。街长没有细问，即算细问，人家也不会给他个究竟。因为本街的街长既无俸禄可拿，也无甚人任命，纯由街上人在晚饭后聚集到一起扯白话，扯到该有个管事的头时，有人说："他大爷，你老人家就来当这个头吧！"这位大爷就当了这个管事的头。当了管事的头后，亦无人叫街长，仍是叫

7

"他大爷"，或者连"他大爷"也不用叫，就叫"你老人家"。

我父亲听得街长也不知道日本兵会不会杀人放火，便忙说：

"该不会哩，日本兵也是些人哩。"

我母亲紧接着说：

"是呀是呀，他们也是人哩！"

我父亲和母亲都极想从街长的嘴里得出日本兵也是些人，该不会杀人放火的信息。可街长已离开火箱，抓起了撮箕。街长说："撮些谷子吧，撮些谷子好交差呢。"

因为街长没有给出个日本兵到底会不会杀人放火的明确答案，我父亲和母亲便皆有些惶惶了。按照街上人的思路，凡是对于疑问未给予彻底否定的，那就是有着可能。也就是说，日本兵可能会杀人，也可能会放火。如果真的杀人放火，那又怎么办呢？

我父亲如同所有的街上人一样，当恐惧的事情即将来临时，宁愿去想那些"不可能"，宁愿去想那些"侥幸"。于是我父亲说：

"我们这地方的人和日本人毫不相干，我们种田的安安分分种田，做生意的安安分分做生意，我们一没惹他们，二没撩他们，就算他们来了，也不会怎么样吧？"

我母亲则喃喃地说：

"菩萨保佑，菩萨保佑，他们不会从这儿过……"

我母亲比父亲似乎更现实一点，她虽然是祈求菩萨保佑，但是要菩萨保佑日本兵不从这儿过，而不是希冀日本兵来了后不会怎么样。她似乎已经有所预感，日本兵如果真来了，那就只怕是在劫难逃。

于惶惶之中，我父亲和母亲一时竟忘了该领着街长去撮谷。这时从货柜后走出一个少年，对街长说，我领你老人家去撮谷。

这个少年，就是我那刚满十岁的大姐。

我之所以称我大姐为少年，是因为母亲只准我喊大姐喊哥，而不准喊姐。而我大姐从上到下，又全都是一身男孩装束。

我母亲为什么要将我大姐"变"为我的大哥呢？在后面另有交代。

我大姐领着街长撮完谷后不到一个月，就落入了日本人手中。

三

街长走了后，"盛兴斋"如同笼罩了一层不祥的云霭。

我父亲不停地嘀咕着：

"那日本兵该不会来吧，不会来吧……"

我父亲是个驼背。他这驼背倒不是先天的，而是在人家铺子里当学徒时累驼，或者叫因当学徒而不能不驼的。那时当个铺子里学做生意的学徒也得学三年，头两年全是打杂，不能上柜台，必须学会的就是弯腰点头应允一切招呼，和弯腰点头向一切人打招呼。礼性，是做生意当学徒必备的基本课，不但要逢人弯腰点头，更重要的，是要达到内心修炼，领略到"和气生财"的真谛。待到能上柜台时，那背越弯，反倒越显得"和气"。

我母亲平时和父亲是没有什么话说的，这不仅是因为母亲长得漂亮，和父亲站到一起时，谁都会觉得母亲的这位夫君和她极不相配，而且因为母亲的能干在街上，在乡里，都是出了名的。父亲非常清楚他相对于母亲的劣势，故而有什么家政，总是他去问母亲，里里外外的大事，都是听凭母亲拿主意。可这一回，父亲在嘀咕着日本兵到底会不会来时，母亲却主动凑到了他面前。

我母亲对父亲说：

"那日本人怎么要到我们这里来呢？"

母亲竟然要父亲来回答她的疑惑了。

这个疑惑，其实就是街上所有人百思不得其解，而又希望能得到解答的问题。他们明明相信日本人很快就会到这个他们生息繁衍了一代又一代的地方来，但因为在祥和的日子里过了一年又一年，所遭受的最大恐慌也莫过于"过兵"——倘若过的是中央军，就连恐慌也不必；倘若过的是"溃兵"，则会被抢去几只鸡或几只鹅。偶尔也会响几声枪炮。而杀老百姓的兵，他们还从未碰上过。就算有大户人家的人被土匪吊了羊，只要按照条件送去大洋或物品，土匪也是不会撕票的。可这回，来的竟是日本兵！日本兵究竟会怎样呢？谁的心里也没有底。正因为心里没有底，便都要找出个日本兵为什么要来这里的原因。就如同我父亲所说，这地方的人和日本人毫不相干，种田的安安分分种田，做生意的安安分分做生意，一没惹他们，二没撩他们……

街上人就是这么诚实得天真，以为一没惹日本人，二没撩日本人，那么日本人就不应该来这里，即算来了后，也不应该怎么样他们。而仿佛只有在知道日本人为什么要来这里的答案后，他们才能得出来日本人究竟会不会比他们见过的溃兵更可怕的判断。倘若就是跟那些溃兵差不多的话，那又有什么可怕呢？充其量是，那些鸡啊，鹅啊，让他们拿几只去罢。

在这逢人便喊你老人家的礼性之地，所有的人都和我父亲一样，抱着侥幸的心理，希冀一切都平安地过去，什么也不要发生。

他们为自己这种侥幸心理找到的唯一理由，就是：日本人也是人，是人就不应当把人怎样！

关于日本兵为什么要来这个湘西南、接壤广西的偏僻之地——用街上人的话说"我们这里一不当交通要道，二无城市，三是接近两不管的地方，他们为什么要来，来干什么"的答案，等到我长大后，在翻阅了日本《大本营陆军部》一书后，才得到了真正的解答。

　　这本《大本营陆军部》是由日本防卫厅战史室编撰的，为其战后编撰的"战史丛书"压卷巨著，它系统、详尽地记载了日本从1871年明治建军到1945年战败投降这七十余年间的兴亡历程。书中所引用的资料，包括上自明治到昭和历代天皇的主要敕谕、御前会议记录和陆海军机密档案，下至各级军政部门发布的命令、训示以及权贵人士和直接策划、执行者的笔记、日记、备忘录等。

　　我在这里先摘录一段有关日本国内一件大事的记载，可以说明白沙老街这个偏僻之地，也照样逃脱不了日本帝国的政策。

　　（日本）政界属望的人物枢密院近卫议长提倡确立"新政治体制"，风靡于政界，各原有政党相继自动解散，出现了集合在近卫公伞下的趋势。与此同时，经济、思想上的新体制运动，也逐渐在社会上传播开来。

　　"新政治体制"的内容有：解散一切政党，创建大政翼赞会；解散工会，组成大日本产业报国会；成立农业报国联盟、商业、言论等各领域的报国会；青年组织统一于大日本青年团；妇女组织统一于大日本妇人会……所有民众都在居住地和工作岗位被编入官办的国民运动组织。

　　"新经济体制"主要为：在工业、金融各部门中，成立了单一的统制机构"统制会"，掌握分配生产任务、分配资金和原料、动员劳力、解散和合并企业，以及决定价格和利润等大权。所有中小企业、民需生产都被改编到军需生产中。

　　（1940）7月22日，第二次近卫内阁宣告成立。外相兼拓相为松冈洋右，陆相为东条英机中将，海相为吉田善吾大将。

　　7月23日，近卫首相通过广播以"拜受大命"为题，向国民发出要点如下的号召：

最近世界形势急转直下，出现了惊人的变化。旧的世界秩序，已在欧洲开始崩溃，即将波及世界其他地域。

从来政党有两大弊端：其一，立党宗旨，采取自由主义、民主主义，或社会主义，其根本的世界观、人生观，与国体不能相容……其二，结成党派的目的在于争夺政权，如此立法机关，决非辅弼大政之道。上述两弊端务期铲除，以恢复日本真正姿态。不仅政党，即文武、海陆军、朝野上下，均须一心遵照陛下旨意辅弼大政。

其方针，首先在外交上必须坚持帝国独自的立场，走帝国独自的道路……不仅仅是应付世界的变局，而必须指导世界的变化，决心以自己的力量创建世界新秩序。……其次在经济方面，与满洲和中国的经济提携以及对南洋方面的发展，其必要性日益提高。

7月26日，新内阁"基本国策纲要"正式确立。

"国策纲要"是立足于对世界历史性大转变中国家群生成和发展形势的分析，由原来"建设东亚新秩序"更进一步以"建设大东亚新秩序"为根本方针的。这个在日满华的新秩序上，又包括南方各地域，扩大到大东亚，去建设新秩序的基本国策，实可谓历史性的国策。

这个"历史性的国策纲要"，老街人如果知道，亦然会惊讶不已，它这个什么纲要，怎么会使我们这个与世无争的老街倾于覆灭呢？因为老街及其四乡，包括八十里山、扶夷江等等，也在它的"建设大东亚新秩序"的版图内。它才不管你偏僻不偏僻，有无城市，是否两不管之地！而它在解散一切政党，将所有的民众都在居住地和工作岗位被编入官办的国民运动组织，所有的中小企业、民需生产都被改编到军需生产中，整个日本国成了一架统一运转的战争机器时，老街上的人却都还生活在"你老人家"的礼性之中。

四

　　老街上的日子在人们内心的惶惶不安中过去了一天，又一天。虽然未见有什么大的动静，却也发生了一些变化。

　　平常早起的人也不早起了，还起那么早干什么呢？反正日本兵要来了！累死累活说不定全白累了。尽管天刚蒙蒙亮，便因早已养成的习惯而睡不着，却只是将门闩拉开，又躺到床上，睁着眼，谛听外面的动静。待日光从那拨开一条缝的房门里照到床前，方爬起来，哈几个长呵欠，揉揉眼，掰掉眼角上的硬粒粒，真像才睡醒，才睡了个安稳的好觉一样，站到青石板街道中，望望天，似乎要从像被柴灰捂住了眼的太阳光中，得知日本人到底会不会来一样。没望出个什么名堂，便又缩回屋里，看街上的行人有什么异样。

　　行人自然不会多。偶尔有几个小孩赶着鹅往江边走。那鹅昂着蛇脑壳一般的头，一扭一扭踱着八字步。鹅们不慌，依旧得意得很，任怎么赶，反正不加速。赶急了，忽地转过长脖子，贴着街面，"哈——咻"一声，要叉人。

　　看街上的行人没看出什么异样，方慢腾腾起身，去灶屋里烧燃枞毛须火，煮了饭吃。灶屋里空荡得很，就连锅碗瓢盆也大部分转移了。

　　这些转移，多是在夜深人静时。老街上的人爱面子，怕万一日本人没来，而自家却将东西转移，被人见着了会遭耻笑。可将东西装上木板独轮车，打开铺门，往外推时，偏遇见邻家的人也正推着车子出来，便相互一笑，几乎同时说："你老人家，也走亲戚啊！"

说出走亲戚这么一句，便仿佛因害怕遭劫难而转移家产的事，有了冠冕堂皇的理由：是走亲戚哩！不是害怕那什么日本人哩！

于是皆心照不宣，均默默地推了独轮木板车，碾在青石板街道上，"吱格吱格"往街外走。走出街，似乎要分道扬镳，各自使劲儿推着跑。可到了渡口，几乎上的是同一条船。下了船，又几乎是往同一个方向走，这时才会有一个人先开口：

"你老人家，也是去神仙岩啊！"

"是哩，你老人家，还是那神仙岩保险呢！"

为了将包括锅碗瓢盆在内的东西转移到哪儿去的问题，我父亲和母亲发生了一场争执。

平常总是以我母亲的话为准绳的父亲，在关于将东西转移到哪儿的问题上，却表现出了少见的固执。

"神仙岩！"我父亲说，"只有把东西藏到神仙岩去！"。

"神仙岩？！"我母亲摇了摇头。

"哎呀，神仙岩还不保险嘛？"父亲因母亲的摇头而忽地激怒起来，激怒得弯着背要跳起来。其实他即使往上一跳，也不会比站着不动的母亲高。

"是跟你商量嘛，你急成这副样子干什么？"母亲表现得很冷静，话语不温不火。

"人家把东西都藏到那里去了，可你这个女人，还不拿定主意！你要等到日本人来抢光抢尽啊！"父亲又吼起来。

"你别起高腔好不好，你想要让街坊人都听见啊？又不是跟你吵架。"

母亲这么一说，父亲的话语才低下来。

父亲说：

14

"那就快往神仙岩搬啊！"

母亲说：

"我总觉得，那神仙岩也不保险。"

父亲说：

"神仙岩还不保险？当年，当年走长毛时，街上的人，四乡的人，也都是躲在那里！……"

父亲说当年走长毛的事，是听老辈人讲的。当年长毛从广西桂林出发，经全州，往新宁开。老街人听说长毛要打新宁，那新宁倘若一被打下，长毛就会沿扶夷江直下，遂纷纷连人带家当躲进神仙岩，可长毛只是在襄衣渡和江忠源率领的团练打了一仗，死了个南王，便改道，没来了。老街的人因而到底没见到长毛，也没见到打仗。

父亲说神仙岩最保险时，母亲却说：

"躲进个岩洞里，万一那洞口被人家封了，往哪里跑？往哪里走？岂不是死路一条啊？！"

"哎呀呀，你就是不明事理。那神仙岩，你知道有多大，有多深，藏得几千人马哩！"

"藏得几千人马？哼！"母亲冷笑了一声，"藏得几万又能怎样？"

母亲这么冷笑着说时，已经显示出她不同寻常的女人豪气。此时如果父亲又起高腔和她争，或者想显示男人的气概炫耀武力的话，那么等待父亲的，必将是狼狈不堪的逃离。

父亲果然就把声音压得很低很低，且做出神秘样，凑近母亲的耳边，说：

"那神仙岩，有出路的哩。万一洞口被封了，可以从后山出去哩！"

母亲说：

"你怎么知道有出路？"

父亲仍是不无神秘地说：

"是隔壁五爷他老人家悄悄告诉我的哩。"

母亲说：

"五爷进神仙岩探过路吗？"

父亲回答：

"想必探过吧，要不他老人家怎么会告诉我呢？"

母亲紧逼一句：

"他告诉你，你就进去探过路吧？"

"没有，没有。你天天看见我的，我怎么会进去过哩。"父亲嘿嘿地笑起来。他这一笑，便是被问得理屈了。

父亲弯着背摸着脑壳嘿嘿地笑时，母亲的口气已陡然严厉起来。母亲说：

"我告诉你，驼四爷，我不许你拿着全家人的性命和家产去跟一个不可靠的出口下赌注。自打走长毛后，有谁进过那神仙岩？有谁去亲自探过路？"

我母亲之所以喊我父亲"驼四爷"，是因为父亲在他这一辈中排行第四。街上人喊三爷、四爷、五爷、六爷……绝不是像揭露旧社会黑暗的小说或电影电视那样是对有钱或有权势人的称呼，而是按辈分排行所叫，哪怕是穷得讨米的人，只要他排行第一，晚辈见了就得喊"大爷"，同辈人见了则喊"他大爷"。至于那排行到第十三或第十四的，亦统称三爷或四爷。我父亲是正宗的排行第四，自然是正宗的四爷，我母亲平时喊他时，就喊"他四爷"。我父亲则喊"她四娘"。倘若双方言语不顺时，母亲口里的"他四爷"就变成了"驼四爷"。因为父亲的确是个驼背。

我母亲对神仙岩的安全提出措辞严厉的质问后，不等我父亲回答，又说：

"你知道马谡失街亭吗？"

"知道，知道，看过大戏。"父亲连连点头回答。他大概以为母亲转移话题了，便为自己看过大戏《失街亭》而不无自得。

"看过大戏，哼！"母亲这回全是鄙夷不屑的神气了，"马谡就是自作聪明，不依诸葛亮的话当路扎寨，而移营小山，要来个什么居高临下，置之死地而后生，结果山包被司马懿团团围困，断水断粮，全军覆灭。我们这虽是逃难而不是打仗，但跟打仗是一个理，进神仙岩，就跟马谡上山是一样，自绝退路！"

我母亲虽然没正式上过学，填学历只能是文盲，但她自幼跟着我那当家塾先生的外祖父从旁偷学，不但很识得一些字，看过《三国》《水浒》《西厢》之类的"野书"，知道许多戏文故事，且论起理来能引经据典。加之她天生聪颖，就连思想，也与众不同，看问题总是先人一着，譬如说缠足，她也是被缠了的，可是当她得知她自幼被许配的夫家，也就是我父亲家里日益破落，已是田无一丘，房无一间时，她当着我外祖父的面就将缠脚布几剪刀剪开，我外祖父大讶，喝道："你这是干什么干什么？竟敢坏祖辈的规矩？"她慨然而曰："到我出嫁时，父亲你有田产给我吗？有房子给我吗？没有吧，不可能吧，你老人家也就是靠着教书收几个束脩过活吧。可我嫁过去后，要吃饭，要持家，要盘活儿女，我得靠自己的脚和手，我不将这缠脚布撕了，以后你能替我干活养家啊！"我外祖父说："你有男人哪，靠你男人啊！"母亲说："靠男人靠得住吗？靠得住的是我自己！如今只有两条路，要么你给我田产，给我房屋，要么你让我放脚！"就这样，母亲挣得了一双虽然已经有些畸形，但还算正常的天足。就是幸亏有了这双天足，她嫁给一无所有的我父亲后，什么事都能做，什么苦都能吃。她帮人犁田，成为第一个执掌犁杖的女人；她与人合伙打豆腐、酿甜酒，挣来了租赁铺面做生意的本钱……她果断决策，要谋发展，必须从乡下向街镇进军，终于在老街占得了一席之地。

我母亲在以令我外祖父无法辩驳的道理中将缠脚布扔掉后，还偷偷地学了一些武艺。她这武艺是跟我父亲的叔叔，也就是我的叔祖父偷学的。我祖父有七兄弟，其中有一位文秀才，一位武秀才。这位武秀才能舞八十斤的大刀，能开十石的硬弓，一柄镶铜嵌铁的长旱烟杆，就是他随身携带的武器，那柄长旱烟杆一舞动起来时，就连土匪都奈何不得。然而，我叔祖父们这文武秀才的遗传因子，在我父亲身上却荡然无存。相反，和叔祖父们没有丝毫血缘关系的我的母亲，却称得上文武皆备。她已偷学识了字，又想到要偷学武艺以防身。于是她这未过门的媳妇去我父亲家走人家时，就总要缠着我那武秀才叔祖父表演功夫，叔祖父的一招一式，她都牢记在心，之后便自个儿偷偷地练，竟练到了一个武艺高强的男人若向她出手，也只能自讨苦吃的地步。至于我那窝囊的父亲，就算喊两个人来帮忙也打她不赢。我父亲有一次高兴时，哼着哼着"赵子龙大战长坂坡"的戏文，突然笑着对我说："你母亲，是有功夫哩，也不知在哪里学的，她不动手便罢，一动手，风一样的快，有次我要打她，还没看清楚是怎么回事，她就把我打到地上了。还算好，出手不是很重。"

实在说，在我母亲年轻时，如果有人指点她参加革命，不管是国民革命也好，共产革命也好，她绝对会成为一个妇女领袖，抑或是女兵女将。可惜的是，革命的同志从未来过这偏僻之地，或者曾来过，没发现她这个可以成为革命的苗子。她也就只能是个养家持业、生儿育女的家庭妇女而已。更为要紧的是，在她和我父亲商议如何转移东西、如何避难的时候，如果她的话能让全街乃至四乡的人接受，那么神仙岩的惨剧便很有可能避免，至少不会让惨剧集中于一处。可在当时，即使她到街上大呼，甚或于以演讲的形式慷慨陈词，力诉进神仙岩避难的弊端，也是没有任何作用的，没有一个男人会听她的。因为她在人们的眼里，始终只能是一个在大事面前没有发言权的女人，始终只能是"盛兴斋铺子里那个四娘"而已。她只能在家里让我父亲不情愿地听令。

果然，父亲极不情愿地说：

"那你说，你说怎么办？神仙岩去不得，到底去哪里？"

母亲说：

"去八十里山！先把东西藏到大山里去！"

"藏到山里？谁去看守？"父亲仍在找不进山的理由，仍在说进神仙岩的好处。父亲说把东西藏进神仙岩，人也可以藏在那里，守着东西，日本兵人生地不熟，根本就找不到。等他们走了，我们就出来，东西一点也不会丢……

母亲不理会父亲的念叨，说：

"不要再提神仙岩了，东西放到我妹妹家里去，就算日本人进山搜，一则难以搜到，二则就算搜到了，不过失掉些东西，人还是有地方跑……"

母亲的话还未说完，父亲那傻犟劲儿又上来了，他说：

"是放到你那个白毛妹妹家里去吧，好让她全得了去吧，到时候日本人没怎样，你妹妹倒会将我的家产全占光！"

父亲说的那个白毛妹妹，也就是我的姨妈，生下来就是一头白发，故被称作白毛。外祖父给她服用了不少黑发的偏方，但丝毫不见成效。因了那头白发，很被人看不起，就连外祖父最后也说她是一个孽障，早早地就把她嫁进了八十里山，希望见到的人少，不知道她是谁家的姑娘，以免坏了外祖父的名声。我白毛姨妈嫁到八十里山后，不到几年，她丈夫又一病不起，死了。白毛姨妈便又被认定是克夫，更为人所不齿。

父亲一说白毛姨妈会将他的家产全占光，母亲可就真的生气了。

"白毛怎么哪？白毛就不是人哪！白毛就会占了你的家产去？这家产到底是你挣下来的还是我挣下来的？"

"好，好，是你挣下来的，你挣得多些，我挣得少些，行了吧。"

见母亲真的一生气，父亲又软了下来，可嘴里仍在嘀咕：

"放到白毛那里，她不吞了才有鬼。我把话说到前头啰，到时候东西没了可别怪我……"

"到底是东西重要还是人重要？！你说，你说！你是想要我们都死在日本人手里吧！"

母亲已经真正地说到了问题的实质处，父亲却像大多数街上人、乡下人那样，依然对日本人抱有幻想。他不敢再和母亲顶，只是轻声地咕噜：

"日本人也不见得来了就杀人哩，就连街长也没见他们杀过人哩。耳听为虚，眼见才为实哩……"

父亲尽管说得轻，母亲还是听得清清楚楚，她立即回敬说：

"街长是你那么说的吗？街长只是说他也没见过日本兵。你还要耳听为虚，眼见才为实，对不对？等到你眼见时，日本人的枪炮早将你打得变成灰，你就为实去吧！"

"乌鸦嘴，乌鸦嘴！"父亲"呸呸"着走开了。

五

究竟是将东西藏进神仙岩，还是藏进八十里大山，虽然以母亲的意见形成了"决议"，并迅速实施。父亲却依然不服气。当然，他的不服气只停留在口头，行动上还是服从了"决议"。当一些要紧的东西都转移到我白毛姨妈那里去后，父亲悄悄地跟街坊邻居谈起了母亲的"妇人之见"。

"你老人家说说，说说，哪有这么个女人，硬说神仙岩靠不住，硬要进那大山里去，那山里有神仙岩稳靠？"

父亲刚一开口，立即有人附和。

　　"女人嘛，晓得个什么！再说了，那日本人到底来不来还不知道，别弄得个劳命伤财。"

　　"凡事还是要从最坏处着想啰，就算日本人来了，就算日本人抢东西，那神仙岩也是最好的去处。其一嘛，离这儿不太远，不必太费力；其二嘛，等到日本人走了，回来也容易；其三嘛，那神仙岩，神仙岩，名字也吉利。"

　　"是啊是啊，神仙岩有神仙保佑呢！当年长毛要打县城，那城墙上，就有杨令婆显圣，她坐在城墙上，一双脚伸进了江里，长毛就给吓跑了……何况这是神仙岩哩，我就不信日本人能上神仙岩。"

　　这人说的杨令婆，指的是那金刀令公杨业的夫人、百岁挂帅的佘赛花。这杨家将的先祖，怎么又能到这新宁来显圣了呢？老街人说的却不无依据，因为杨家将的后裔，抗金名将杨再兴，的的确确就是新宁人，且为瑶族，县志有载。至于杨再兴为何又成了瑶族，则有一段非凡的传奇故事。因为有了杨再兴，所以有了杨令婆显圣。而一说到杨令婆显圣，便立即有人说：

　　"是有神仙保佑哩！你看看，你看看，你在这里能看见神仙岩么？我都看不见，那日本人能看见？"

　　"神仙岩既在山崖上，又在江岸峭壁处；既有树木遮掩，又无他路可上。日本人找不到，找不到的！"

　　"就算日本人封锁了洞口，我们不出来，他也没卵办法。我们在里面可以煮饭吃，还可以唱大戏。他们敢进去吗？不敢进去的！"

　　"实在不行了，朝后山跑哩，神仙岩后山的出口，谁知道，没人知道。你知道不？不知道吧？"

　　"不知道，不知道，那硬是不知道。"

　　"你家那个四娘，硬是跟别的女人不一样，这号由男子汉思谋的事，她多操了好多空心。"

"四娘那人，别的都好，就是管事管得太宽，管事一管得宽嘛，还能不操空心？！"

"操心操多了容易老呢。"

……

于是俱嘲笑我母亲没事找事，把日本人想得太可怕了。虽然到目前为止，街上还没人见过日本人，但日本人不也就是一张嘴巴、两个鼻孔吗？这些嘲笑让我父亲觉得拾回了一些男人的尊严，于是满意地回家了。

在街上人时而恐慌，时而莫名尊大的气氛里，半个多月过去了，老街并没有什么异样，四乡也没有什么异样。就连那些爱在夜间乱叫的狗，也没有比平常多叫几声。

一天到晚劳累惯了的人们在歇息了几天后，觉得这歇息也实在不是个味儿，实在比干活还乏劲，于是又恢复了正常的劳作。可是这一重新劳作起来，却感到很不方便，要拿这样物什时没有，要找那样物什时不见，于是又从神仙岩将一些东西往回搬。往回搬时照样有理由：那日本人或许不会来了哩，是吓人的哩。日本人来我们这里干什么哟？

瞧着有人往家搬东西，父亲来了神气，对母亲说：

"你看见了吧，看见了吧，人家都在往回搬了，人家往回搬可不远，下了神仙岩，就是扶夷江，有船。你呢，你硬要放进大山里，那么远，这下可好，你去把东西搬回来啊，我是不去了的啊，你有主见，有本事，你不听我的道理，还要说那什么马谡，自绝退路，这下你就去当诸葛亮，变出木牛流马来，把东西驮回来啊，别说我不管了哪，谁出的主意谁去……"

父亲说的这些话，实在不是一个负责的男人应该说的话。可父亲这么说时，母亲却并未生气，而是自言自语地说：

"别慌，别慌，再等一阵子，再看看，再看看。再观观场面，到时候再将东西搬回来也不迟。"

母亲感到事情有些奇怪。

母亲的奇怪并不是说日本人怎么竟然没来，还是认为这些天太平静了，平静得让人生疑。

母亲觉得，日本人若是已经进了新宁县境，那么必定会有逃难的蜂拥而来。可是路上不见一个难民。如果说没有难民来，就说明日本人并没向这儿进发的话，那么平常那些来街上买货的乡人呢，怎么也少了许多，特别是那些熟客，一个也不见来。日本人既然没来，街上就应该恢复了往日的闹热……母亲以一个聪明女人的直觉和在生活中挣扎积累的经验，感到这不正常，而不正常就意味着会突然出事。

母亲的直觉非常准确。在这过于平静的日子里，谁也不会料到，日本人其实已经在老街不远处设伏，布下了重兵。

六

日本兵究竟是如何令老街人在毫不知晓的情况下，进驻白沙，且埋下伏兵的，到今日依然无人能说出个所以然来。我问过很多老人，也问过从事文史工作的，他们的回答都差不多：是那个时代哩，日本人就那么悄悄地来了哩。谁知道？！但有一点，回答得都非常明确，那就是：日本人进了白沙后，立即封锁了所有路口，在他们埋伏的区域内，所有的老百姓只准进，不准出！

这也就是我母亲感到疑惑的，怎么连逃难的难民都没见着一个，怎么来街上买货的人那么少。

日本兵就在老街后面不远，行人路过必经之地，名为观瀑桥一带的山林里，整整埋伏了六天六夜。

观瀑桥下其实并没有水，是一座拱形的旱桥。许是哪位信奉"架桥修路"为最大善事的人捐资而建，但那资金本不多，要到河上架桥力不能及，便选一山路造一不需多少资金的桥。站在那桥上，能看得见远远的金芝岭上流下来的一道瀑布，倘阳光好时，还能看得到飞瀑溅玉，横空里展现的一道彩虹；若阴雨蒙蒙，则山色尽在雾气笼罩之中，风儿拖动雾气，时而拽出一片片翠绿，时而拽出一座座巉岩……翠绿和巉岩又相互幻化，实为一大景观。

日本兵选择的就是这么好的一个景观之处，他们大概是要在进行大屠杀之前，利用这么一处如画的风景怡心养性。

整整六天六夜，老街人竟全都蒙在鼓里，无一人察觉。

日本兵要伏击的，是正在由宝庆府往新宁县城开来的国军的一个团。

按照常理，宝庆沦陷后，国军往新宁开来的这个团，只能是撤退的部队，而且是撤往广西，因为从宝庆经新宁去广西，白沙是必经之路。老街人说的不无道理，别说日军，就算是国军，也没有来白沙驻扎的道理，也只能是路过。而国军撤退，日本兵应该是追赶，只能在后面。可日本兵却抢先到了白沙，而且非常隐蔽地在白沙等了数日，而且对白沙地形熟悉，知道这儿好打埋伏。若过了白沙，便无险可伏。

而关于这支遭日军伏击、全团惨遭覆灭的国军，到底是哪支部队，到现在都没有说明，没有记载，官兵们更没有坟墓碑记。记事截至1989年的新修县志上也仅仅点明一句：

是年，国民军某部在白沙遭日军伏击，全团官兵阵亡。

国军这个团惨遭覆灭后，凡事先进入日本人埋伏区域内的人，即那些"只准进，不准出"的老百姓，全部被杀光，他们和国军某部的血，染红了江水；他们和国军某部的尸体，将扶夷江堵塞。

在国军某部正向日本兵的伏击圈一步步靠近时，在日本兵早已静候于老街人的身旁时，浑然不觉的人们又开始了"太平日子"。该搬回家的东西搬了回来，该打点礼性问候的打点礼性问候，忙完了活，到要好的人家坐一坐，抽着水烟筒，讲着白话，白话里少了原来那些担忧和惧怕，多了些某人某人如何如何在外面过夜，不敢回家睡觉的笑话。

我母亲就是被笑话的一个。

母亲在直觉的警惕中，不但不为将东西往回搬的"潮流"所动，反而一到天黑，就带着我们姐弟三人在老街对面不远的山坡上过夜。那时我三弟出生才几个月，母亲用背带将他背在背上。父亲则无论如何也不愿跟随母亲行动，说母亲是无事多事，自讨苦吃。他说他哪里也不去，他要留下来看家，栏里还喂着一头猪哩！

这天晚上虽然没有月亮，但星星很是灿烂。

我母亲坐在老街对面，也就是扶夷江对岸，名唤香炉石的一家农户的床上。

香炉石这地名，因从江上看来，酷似一香炉而得名。而过得江来，又确有一巨型青石，横亘于江边，亦形似香炉。"香炉"的底端浸入江水中，两边又连绵着平坦的青石，于是常有漂洗的妇人、女子，穿红着绿，蹲于青石上，以棒槌槌衣。于是棒槌声声，此伏彼起，使得空旷的江野，反越显得寂静。稍倾，妇人、女子相互泼水嬉戏，笑声格格，话语撩人，惹人动心。若一见得有男人路过，那笑声、话语，倏地收敛，悄然无音，复只有棒槌声声……故有"棒打香炉声声脆"之语，被列为老街一景。

此时，我母亲正透过破烂的纸糊窗棂看着天上的星星。她怀里抱着我三弟，脚头睡着我和我那刚满十岁的大姐。

当母亲带着我们姐弟三人，来到香炉石，找到这家农户的主人，说要在他家里借宿几天时，这家农户的主人立即满口答应。这位男主人因为常到老街我父母开的"盛兴斋"买货，彼此已很熟悉。

"那我们就吵烦了，吵烦了。"我母亲说。

男主人赶紧回答：

"吵烦什么呢？我这里正好有一间空房，床铺也是现成的，只是没有你们街上的爽净。"

我母亲说：

"早先我连你们这样的房子都没有哩，在庙里都安过家哩。"

男主人说：

"只要你不嫌弃，我就是迎来贵客了。你们只管放心到我这里住，日本人不会到我这里来的。"

我母亲说：

"你老人家怎么就敢这样断言呢？"

男主人说：

"日本人要占也只占你们老街，要住也只会在你们街上住，他到我这个乡里来干什么？"

我母亲说：

"他们要是到乡里来抢粮呢？"

男主人说：

"他们要抢粮也是到人住得多的院落去，才能抢得多一些。你老人家看我这屋子，独门独户，又不打眼，过江来的人看不见我这屋子，站在我这窗户边，却能看见过江走来的人。就连在香炉石上捶衣的女子，我这里也看得清哩。万一他们真的来了，我不晓得跑啊！从后门一跑出去，就进了山……"

我母亲笑了。我母亲看中的，正是这个独门独户，前能看清几里路外沙滩和江边的动静，后靠大山，树林茂密。

男主人又说：

"你老人家，他四爷怎么没跟你们一起来呢？"

我母亲说：

"他不肯来，他讲我这是没事找事。"

男主人说：

"小心无大错，小心无大错，还是小心点好哩！"

我母亲说：

"话又说回来，家里也是要个人看着，栏里还有一头猪要喂潲。"

男主人立即说：

"那是，那是，四爷就是舍不得他那铺子。可万一日本人进了街，那猪不就正好成了日本人的下酒菜。"

男主人这么说时，女主人忙对我母亲说：

"四娘，你别听他那乌鸦嘴乱说。日本人怎么单单就会抢你老人家的猪呢？不会的，不会的！"

男主人笑了。说：

"我这也是胡乱讲讲而已。四娘，你最好要四爷将那头猪赶到我这里来，我家有猪栏，我那栏里的猪已经卖了，正好空着。你们一家人都到这里住着，房舍是差一点，但睡个安稳觉。"

男主人关于猪的建议的确引起了我母亲的重视，觉得他讲的非常有理。第二天，母亲回到老街，就和父亲商量，要把猪赶到香炉石借住的农户家里去，并要他一同离开老街。父亲一听就跳了起来，对我母亲说："什么事都依着你这个女人了，放到外面的东西一件也没拿回来，家里已经完全不像个家了，你还要听人家的话，把这头猪也赶出去。人家那是哄你呢，是哄着你将猪赶到他家去，他家好吃过年肉呢！"

父亲吼着说：

"这个家你已经当了九成，这最后的一成，归我当！你想把猪赶走，除非你要那个想吃过年肉的家伙来把我抓走！"

父亲的话是这样的蛮横不晓事理。因为只是一头猪的问题，母亲便不好再坚持了。而就是这头留在家里的猪，几天后，成了我大姐被日本人抓住的原因之一。

我母亲带着我们姐弟三人，在香炉石那独门独户的农户家歇宿的第三个夜晚，女主人告诉我母亲，他们第二天要到她娘家去，她父亲满五十，是大寿，不能不去的，得在娘家住一晚，但一定只住一晚，就回来！毕竟家里有这么多事，放不下的。我母亲说你们只管放心去，夜里有我帮你们看着家哩。

第二天吃过早饭，农户的男主人、女主人带着四个孩子：两个男孩，两个女孩，男孩最大的十四岁，女孩最小的刚满三岁，一家六口人高高兴兴回娘家祝寿。我母亲送他们出门。

"好走啊，你们好走哪！到了娘家记着给我捎上一句话，祝寿星老人家富比南山，寿如东海。"

我母亲像送自己的亲戚一样，一边说，一边将包有一些钱的红包封塞到女主人手里。

"你老人家太讲礼性，太讲礼性了。"

男主人和女主人同时道谢。

我母亲又对那四个孩子说：

"在路上要听话哪，不要乱跑哪，不要喝生水哪，家里的生水能喝，外面的就不能喝哪，小妹妹走不动了，你们做哥哥姐姐的要轮流背，别要父母亲背哪……"

我母亲迎着阳光，微眯着眼睛，不停地叮嘱着。后来我母亲说，这恐怕就是预兆，我当时怎么有那么多话要说呢？

那个三岁的小女孩则蹦跳着对站在母亲身边的我和大姐说：

"哥哥，哥哥，我回来带好多好吃的东西给你们，你们可要等着我回来，你们可不要走开哟！"

因为我大姐完全是一个男孩子的样，不仅是这个三岁的小女孩喊她哥哥，就连小女孩的父母亲也以为她是男孩。

小女孩蹦跳着，跑到前面去了。

然而，这农户一家六口去了后就再也没有回来。他们走进了日本兵控制的埋伏区域。对于老百姓，日本兵在国军某部没有走进伏击圈时，是只准进，不准出，全部扣留。而在将国军某部消灭后，他们就对被扣留的老百姓实行大屠杀了。对日本兵来说，大屠杀也许需要理由，也许根本就不需要任何理由。如果说他们需要理由的话，那就是不让被扣留的老百姓泄露伏击的情况，或者是不让老百姓泄露被扣留的悲惨遭遇。但就连这样的理由，也是不存在的。其一，他们的伏击战已经打完，而且是全胜，不存在再泄密不泄密；其二，如果说被扣留的老百姓的悲惨遭遇怕被泄露，那么，他们随之而来的对神仙岩的手段，则比用枪炮屠杀更令人发指。

不需要任何理由便实行大屠杀的事，已经太多太多了。而正因为太多，反而让人不相信，反而让人非要去找出个为什么来，反而能让屠杀者矢口否认。

后来他们驻扎在老街的一位小队长说，他们是拿这些老百姓，来试一试缴获的国军某部的枪和子弹，到底还能不能用！

我母亲在透过破烂的纸糊窗棂看着外面的星星时，心里忐忑不安。她想着农户这一家子怎么还不回来呢？说好了只住一晚就回来的呀。

母亲掐着手指算着他们走了的日子，已经是第四天了，他们难道会在娘家住上这么多日子？不可能，不可能！如果是做女儿的单独回娘家，住上十天半个月的也有，但这是他们全家回娘家，即算是女儿硬被留住了，那女婿也会带着几个大的孩子回来的，这是乡下走亲戚的不成文的规矩。

这是怎么回事呢？难道，难道……母亲不敢想下去了。

躺在母亲怀里的三弟哼呀哼呀地叫了起来，大概是饿了，要吃奶。母亲解开胸襟，将奶头塞进三弟的嘴里。璀璨的星光透过破烂的纸糊窗棂，射在母亲饱满而又白如凝脂的乳房上，也照着端庄美丽而又充满忧虑的母亲的脸庞。

三弟那几声哼呀，使得非常警觉的大姐立即醒来了。

大姐一醒来，就把我推醒。我们两姐弟同时坐了起来。

大姐虽然才刚满十岁，但她完全继承了母亲的优点，属于那种特别懂事、能干的假小子。

我母亲生她时，因为是头胎，我父亲守在门外面，寸步不离。他倒不是担心我母亲生头胎难产、出意外，而是在等着要一个儿子。当房内终于传出婴儿的啼哭，我父亲冲进房去，第一个动作就是伸手往婴儿的胯里一探，当没探着小鸡鸡时，父亲的脸色立即变了，一句话也不说，转身就走，将房门"砰"的带上，震得窗棂上的纸"沙沙"作响。那时我们家还没有房子，是租住在乡里，铁青着脸的父亲竟从乡里一口气走到老街，走进老街的一家酒店，赊了一碗酒。从不喝酒的他，在酒店整整坐了大半夜，直至酒店老板实在是要关门了，再三请他老人家回去，他才离开。

我母亲也知道作为一个女人，不能给夫家生个儿子的"罪孽"，她当即自己做主，给我大姐起了个男孩的名字，并从此将我大姐做男孩打扮。母亲说她要等我大姐到"来红之年"，再恢复她的女儿本相。母亲这样做的意思有两层，一是她不愿让人知道她生的是个女孩，她坚信她生第二个、第三个……时，肯定都是男孩！二是她知道女孩的苦处，从小就要低人一等，她要让她的女儿完全享受与男孩同等的待遇。但她又没有别的办法，她就只能将女儿唤做男孩，扮作男孩……

母亲的这一招，不但使得我大姐少受了许多歧视，就连她自己，也抬高了不少身价。因为是租房子住，只看哪里便宜就往哪里搬。一搬到新地方时，就没人知道我大姐是个女孩。新地方的人一把我大姐当成男孩，就夸我母亲会生，数落某某女人、某某女人全无点用，只会生些个和她一样的。当母亲终于跻身于老街时，老街的人也几乎全都以为我大姐是个男孩。

父亲在这一点上还算配合，也不将他的老大其实是个女孩这事说出去。加之我母亲又真的为他生出了男孩，他就更加无话可说了。

然而，父亲仍然把我大姐看成以后反正是个"赔钱货"。只是我大姐也真的是以男孩自居，在外面敢和野小子打架，在家里敢当面顶撞父亲。当然，她之所以敢于顶撞，一则是顶撞的事她确实有理；二则，也是最主要的，有母亲在她后面撑着。她稍微大了一点后，家里的大事小事都参与，且讲得头头是道，也干得有条不紊，终于使得父亲都有点怕她。她的地位逐渐上升，上升到了相当于当家的"老二"，除了母亲就是她。

我大姐在越来越懂事后，和母亲又可以说是结成了"统一战线"，这个"统一战线"的形成，首先是母亲坚决支持她读书，从小就教她识字，算数。她考进县立完小，进校直接就读三年级，各科成绩却都是第一。当她又跳级念到高小时，父亲就不让她读了，父亲说女儿家识得几个字就行了，已经登上天了，每年要拿谷子去缴学费，哪里有那么多谷子缴！那时家里还没能开铺子，父亲要她回来去帮工；母亲却说，她的儿子（母亲从来不说女儿）就是要读书，就是不能一辈子像她父亲一样去帮工，只要儿子读书得第一，她就是累死也要供儿子上学！父亲为此大闹，且喊来他的兄弟，力诉休学能给家境带来的好处，力诉继续读书是浪费谷子，将会给家里带来的种种不利，到时候"家将不家时"可别怪他！父亲以为自己大闹，再加上兄弟的干预，就能迫使母亲让步，最后几乎闹到分家，结果还是母亲胜利。母亲胜利的举措很简单，她做了如下三件事：第一，打发我大姐上县城学校，不要回家，免得心烦，影响学习；第二，上学不就是要学费，要生活费吗？母亲对大姐说，学费、生活费按时由妈托人给你送来。打发大姐走后，母亲开始了第三，将愤而在外找人评理的父亲喊回，面对面坐下，说："你不是要分家吗？那么现在就分，你去把你的兄弟喊来，哪个锅子该你拿，哪个鼎罐该归我，分清楚了，若有不公平处，也莫怪我不念夫妻一场！"

这分家其实就是离婚，但其时还没有离婚这一说。而分家实在也是简单得很，因为当时我父母亲一无房子，二无田地，就有些煮饭和睡觉的家什而已。而我母亲因为与人合伙打豆腐卖，已积攒了几个钱放在只有她知道之处。母亲无论在什么时候，都是做好了"以防万一"准备的。

父亲见母亲真的要分家，慌了神。不惟是父亲心里清楚，倘若真的分了家，他到哪里再去找一个有母亲这么漂亮能干的女人？就连当时还只有五岁的我，也觉得父亲配不上母亲，甚至觉得，母亲为什么不和另一个叔爷或伯爷成一家呢？等我长大一些后，我的亲叔爷，也就是我父亲的亲弟弟，有一次不知是有意还是无意对我说，那个村子里，有你母亲的一个相好哩！他原来也住在街上。我一听，竟惊讶地脱口而出，说："啊，我母亲真是了不起！"这是我仿照我那读过书的大姐的口气说的。紧接着我要他立即陪我去看一看我母亲的相好，我认为我母亲的相好应该是一个真正的伟丈夫，结果弄得叔爷很是尴尬，连忙说那人早就走了，离开白沙不知去什么地方了。而我想知道我母亲的相好到底是个什么样的人物的念头，反而更加强烈。

分家以父亲的再三赔不是而宣告结束。其实母亲倒是真的想分家，但她不能分，她知道如若真的分了家，她也许会幸福，但对儿女却不一定是好事。她一心为的就是儿女！

十岁的大姐跟着母亲借宿在外面，就知道时刻得保持高度的警惕。她一爬起来，就对母亲说：

"妈，是日本人来了吗？"

母亲说：

"没什么事，你睡你的吧。"

大姐说：

"妈，你到这时候还不睡，肯定有什么事！"

母亲说：

"要说有事，我是想着这一家子怎么还不回来呢？他们莫非……莫非出了什么事？"

大姐说：

"是啊，他们怎么还不回来呢？"

不等母亲回答，大姐又说：

"妈，你不用担心，他们拜完寿，说不定又到别的亲戚家里去了呢！"

母亲说：

"我心里总有种不好的预感，但又说不出究竟是哪方面的……"

大姐说：

"妈，他们不会有事的，不会的，你还是睡一下吧。"

尽管有着我大姐的宽慰，母亲依然忧心忡忡。

江边，传来一阵野狗的狂吠。

野狗的狂吠渐渐消失后，有着星光的黑夜显得更加寂静。

母亲见我三弟噙着奶头睡着了，便将三弟轻轻地放到床上，她点燃油灯，往堂屋里走去。

我大姐紧跟着下了床，从母亲手里接过油灯，照着母亲，陪着母亲。

母亲走到堂屋里。堂屋里除了设有神龛，还供有一尊观音菩萨。母亲点燃几根香，插到香炉里，而后双手合十，鞠躬祈祷，求观音菩萨保佑农户这一家人平安回来。

祈祷完毕，母亲又拿起摆在观音菩萨旁边的一副卦，口里念着："菩萨显灵，我虽不是这家的什么亲戚，但这一家子都是好人，求菩萨大发慈悲，送我一个宝卦，他们明天就能平安回来了。"

母亲要求的宝卦是一片卦心在上，一片卦心在下，可母亲将卦往地上一扔，却是两片卦的卦心都扑在地下，是个阴卦。

母亲心里有点急了，喃喃念道：

"这不可能，这不可能，难道真要出事……"

母亲正要再打一卦时，蓦地，只听得一片闷雷般的轰响，似从天边滚滚而来。

"妈，这是什么声音？！不是打雷吧。"我大姐问母亲。

"是炮声！"母亲手里的卦掉在了地上。她的声音有点颤抖。

炮声越来越密集，夹杂着机关枪和步枪的响声，还有的炮弹似乎就落在扶夷江里，好像能听见江水被炸起的扑腾。

枪炮声是从老街后面传来的。

日本兵向进入伏击圈的国军某部开火了。

"他们真的来了，真的来了！怎么就没有一个人知道呢？"母亲不无惊恐地念叨着。

大姐忽地就去开门，要往外走。

"你到哪里去？！"刚刚还似乎害怕不已的母亲见大姐往外走，立即像变了一个人，厉声喊道。

"我得去看父亲，不知道他怎么样了？"大姐回答说。

在这危难已经来临的时候，大姐头一个想到的人还是父亲。可是她这一去，之所以被日本兵抓住，却是因父亲挡住了她逃跑的去路。

七

大姐刚要走出门，母亲说：

"你现在不能去！"

"为什么？"大姐不解地问。

"现在情形不明，到处是枪炮乱飞，你先别出去，什么时候我要你去你再去。"

母亲将大姐拉回身边。

这时候我已经赤着双脚站在床下，呆呆地听着那越来越激烈的枪炮声。七岁的我不知是被吓坏了，还是被那像鞭炮一样炸响的枪炮声吸引住，总之是傻傻地完全不知所以。

母亲对我喊道："快把鞋子穿上，夜里地上凉。"她一把将我掼到床上，给我穿上鞋，套上罩衣，然后几下就把该随身带的东西捆扎成一个包袱，将仍然在熟睡的三弟用背带捆到背上，又将通往后山的后门门闩拉开。这一切，母亲在片刻便全部做完，利索得像一阵风。

母亲坐到床前，她背上背着三弟，左手将我揽在怀里，右手抱着大姐，开始了她的紧急应对安排。

在枪炮声掀得房屋都有点簌簌作响的震动中，母亲说：

"你们不要害怕啊，灾祸反正已经来了，来了就不怕，怕也没有用。你们都得听妈的，知道吗？"

我和大姐同时点了点头。

母亲先对我叮嘱道：

"你要时刻不离妈的左右，我往哪里跑，你就要跟着跑，路上不许哭，不许叫，妈要你躲到哪里你就躲到哪里！躲起来的时候不准做声，这就好比打仗，你要听命令！"

母亲说一句，我就做出懂事的样子点一下头。母亲说完后，我补了一句：

"妈，我倒是不会哭也不会叫啊，可要是三弟哭起来了怎么办呢？不就把日本人招来了吗？！"

母亲说：

"你三弟只要有奶吃，他就不会哭的。"

听母亲这么一说，我好像才放了心。但心里却仍在想，妈，你可要时刻都有奶给三弟吃嗬！

母亲又对大姐叮嘱道：

"你是老大，也是娘最放得心的。娘最不放心的其实还是你那父亲，他太弱，可又太倔，他弱起来时没有丝毫主意，他倔起来时又听不进任何人的话。所以你要跟他到一起，照应他。你跟他在一起时，又不能和他吵哪，你和他吵起来，他又会什么都不顾的哪。"

大姐说：

"那我们要分开啊？"

母亲说：

"对，都到一起太扎眼，反而不安全。况且现在你父亲一个人在街上，也到不了一起。到时候也不知道是个什么样。你找到他后，千万千万不准他上神仙岩哪！你和他到你白毛姨妈那里去。我们也到你姨妈那里去，我们在你姨妈家里会合。"

母亲这么说着时，真像一个指挥官在下达命令。

聪明的大姐突然说：

"枪炮声好像是从老街后面的山上打出来的，我们还往住在大山里的姨妈那里跑，太冒险了吧！"

母亲说：

"这一点我早就想到。按理说，日本兵来了，应该先占领老街，可他们却不占，这里面有名堂，也不知道他们是在打谁？也没见有中央军过。莫非是在拿乡里的老百姓当靶打？这些暂不说，正因为他们先在老街后面打，打完后，肯定会冲进老街，然后就是往这边来。你想，他们在那里打完了仗，还会呆在那山里吗？他们要是不走，那就是扎在老街，再往这边进发。我们反而往那边去，不正是没有了日本人的地方吗？再说，你姨妈在八十里山，日本人要是在那大山里，我们这儿能听见枪炮声吗？所以，只要能够到达你姨妈家，就会没事！"

大姐觉得母亲说得有理。可她又说：

"妈，你要背着三弟，又带着二弟，还有一个包袱要提，你太累了啊！我在你身边，就能帮你背三弟，帮你提包袱啊！"

母亲说：

"你看你，会说乖巧话了吧。枪炮声刚一响，你头一个想到的就是你父亲！我说到底是亲生的哩！现在却来说帮我了。你妈不要你担心，万一危急了，我不晓得把包袱丢掉啊，丢掉点东西有什么要紧，只要救得人，留得青山在，不怕没柴烧！你们也都给我记住了，任何时候，任何情况，都不要先顾东西，而要先顾命！如果命都没有了，还要那些东西干什么？"

母亲又特别指着我，说：

"你和你三弟，以后都会长成男子汉的，男子汉就是要拿得起，放得下！顶天立地！"

母亲说完，左手把我抱得更紧，右手把大姐也抱得更紧。

后来我想起母亲的这几句话，我觉得这是母亲给我上的最好的一堂人生教育课，那就是要做顶天立地的男子汉。后来我又想，母亲这句话里还有许多没说完的意思，那就是她嫁的男人太弱，太不像个男人样。她这一辈子，在婚姻上，实在是太委屈了自己。如若依她的性格，她完全可以置父母之命、媒妁之言于不顾，完全能够将已经建立的家庭打碎，哪怕是陷入如利刃的舆论！她也会将那利刃折断。可是不知为什么，母亲却自始至终地当了家庭的"维持会长"。虽然用她自己的话说，是为了孩子，为了我们。但我宁愿她不为孩子，不为我们。在我长大成人后，我曾就这个问题专门问过母亲，母亲笑着说："要不是为了你们，就算是三个你父亲那样的男人，我也早就将他抛开了！唉，唉，那时候，那时候，我……"母亲抓起衣袖，抹了抹带着泪花的眼睛。我清楚母亲没说出来的话，那时候，那时候，想着她的男人实在不少，即使是她已经成了母亲。

……

星光，终于渐渐消退，代之而起的是一片黑暗；在黑暗中，天，却终于透出了蒙蒙亮色，枪炮声渐渐弱了。

母亲毅然地松开大姐，把她轻轻地一推，说："你可以走了，不要从这个石码头渡江，要沿着江边，从香炉石往上跑，再过江。还有，不要让人知道你是女的！"

大姐应了一声，机灵地往外一跃，不见了。

八

当日本人把陷入埋伏圈、几乎不可能有还击之力的国军某部全部打死后（他们似乎根本就不需要俘虏，也不留下一个活口，因为老街和四乡幸存下来的老百姓没有见到一个被俘的穿黄军装的人），枪口转向了被扣留的百姓，枪杀百姓更为快捷，更没有任何一个人能活着逃出来，包括我们借宿的那家农户六口，包括那个只有三岁的小女孩。

母亲要大姐不要从石码头过江的话完全正确。当枪炮声稍一减弱，街上的人便纷纷往江边逃来，纷纷争抢着从石码头处过河，乱成一团的人们已经只有一个念头，那就是赶快渡过江去，赶快藏进那神仙岩。似乎只要一进了那神仙岩，就是进入了安全之处。

然而，过江的人们似乎并未得到神仙岩神仙的庇佑，素讲礼性的人们在求生的欲望驱使下，已没有礼性可讲，也不可能讲礼性。在无人组织、无人指挥的混乱中，不断地有人因拥挤而落入江中。

不要以为住在江边的街上人都识水性，恰恰相反，他们中识水性的不多。街上人大概正因为在江边住得太久，对从身边日夜流淌的江水反而有两大畏惧，老人们对子女的训诫中便有两条，一是训诫不要到江中洗冷水，洗冷水容易得病，而这得病，正是最可怕的事之一，故无论是街上人、乡下人，都有一句口头禅：张飞猛子不怕死，只怕病；二是训诫不要到江中划澡，这划澡就是游泳，说每年都有划澡的被淹死，落水鬼年年找替身！学会撑船一世就包用了！所以街上人会撑船的不少，会划澡的不多。

划澡的本事，只有这个时候方能显出它的用处。可事后即使有人提出为何当初不让我学划澡的质问，老人们也会振振有词："谁知道要逃难哩？谁知道日本人要来哩？"

在不断有人落入江中的混乱之际，一条平素不大被人瞧得起的汉子——老街人爱说，他有什么本事哩？他一不会做生意，二不会节省，就会在涨大水时，跃入江中捞些个浮财，捎带救几个人上来，得些谢礼，讲话没大没小的猛子——从岸边拥挤的人群中冲了出来。

这条汉子，或曰猛子，对着拥挤的人群又是大喊，又是大骂。他大喊的是不要挤，不要挤，再挤下去谁也过不去！他大骂的是街上管事的哪去了？他妈的平常只晓得拿着撮箕来收税粮，日本人一来他妈的就不见影了！为什么不多备几条渡船？他一边喊一边骂，要会水的先下水去救人，说完就将几个会水的人推下江去；他要人将扮禾的扮桶统统拿来做船划，将捆扎在吊脚楼下、大水来时用以护身的划子、木排，统统拿来渡人，谁要是不肯拿他就先放火烧了谁的家！他又要腿脚快的干脆往上游跑，跑到泥弯码头去渡江……他这么喊着骂着，拥挤的人群开始有了些秩序，然后他将衣裤脱得精光，露出一身紧邦邦的肌肉，几把将衣裤盘缠到头上，跳入江中，指挥渡船、扮桶、划子、木排往对岸划……

这条汉子，或曰猛子，倘若与人当面相见时，还是被喊做二爷。

二爷没去神仙岩，他说他懒去得。他说他就在这江边游荡，日本人奈他不何。但二爷后来被说成通日本，受了几十年的磨难，最后还是死在这个汉奸的名上。可我在后来却想，这位二爷，应该就是我母亲年轻时的相好。

大姐赶回老街，老街上已见不到一个人。有些铺门上了锁，有些铺子却大敞开着，显见得走的人已是什么也不顾了。

大姐想着父亲可能已经跟着逃难的人跑了，她心里反而松了一口气，可是当她走到自己家门口，却发现铺门紧关，不过不是从外面上锁，而是从里面关着。

父亲是关着铺门把他自己关在里面。

大姐忙捶门，喊父亲。

她使劲捶，使劲喊，里面却无人应答，而且连一点声音都没有。

大姐急了，慌忙绕到屋后，后门也是从里面关着。

大姐又捶后门，又使劲喊，仍然没人应答。

大姐抬脚踹门，想把门踹开，后门虽然没有前面的铺门结实，但要凭一个十岁孩子的力气把它踹开，只能是徒劳而已。

　　大姐一边继续大喊父亲快开门，一边端起一块石板，朝门砸去。她端着那沉重的石板还没砸到门上，门却突然一下开了，反而害得大姐一个趔趄，差点栽倒在门槛上。

　　突然将门打开的正是父亲。

　　大姐气喘吁吁地放下石板，气极地问：

　　"你为什么不开门？为什么不应答？为什么不吭一声？"

　　父亲说：

　　"我以为是日本人在打门哩。日本人打门我就是不开。"

　　大姐说：

　　"连我的声音你也听不出吗？"

　　父亲说：

　　"听倒是听出来了哩！"

　　"听出来了你为什么不开门？"大姐心里的那股怨气更大了。

　　"我是看，看你到底打不打得门开，你要是打不开，那日本人也打不开，就说明我这铺门结实。日本人来了也不怕。"

　　父亲竟然如此回答。他将一个十岁的孩子和日本人去比，他认为孩子打不开的门那日本人也就打不开。也许，他的确是被日本人的枪炮声吓得糊里糊涂了，这时候恐怕也只能用他被日本人的枪炮声吓糊涂了来解释。因为他并不傻，有时候还聪明得过了头。在我大姐还只有四岁时，有一次，他不知来了什么雅兴，竟主动要求替我母亲到河边去漂洗衣裳。他拿着两件衣裳，不是就在临街的江边洗，而是坐船过江，到香炉石去洗。许是因为香炉石有着捶衣的妇人、女子。他站到江水边，将一件衣裳踩在脚下，双手漂洗着另一件衣裳。大概是捶衣的妇人、女子说着的悄悄话吸引住了他，他双手一松，漂洗着的衣裳被江水冲走，他忙抬脚去抓衣裳，那被他踩着的衣裳却又漂走了。结果他两手空空地回家，一进家门，便对我母亲嚷道："他四娘，你也别怪我，我也不怪你，咱们两个就算扯平了。"我母亲觉得莫名其妙，问他到底是什么事算扯平了？我父亲说："昨天老大抓了只蜻蜓在玩，你说要帮她重新换根拴蜻蜓的绳子，结果蜻蜓跑了，不见了；今天我去洗衣裳，那衣裳被江水冲走了，也不见了，所以你也别怪我掉了衣裳，我也不怪你跑了蜻蜓，咱这就算扯平了！"

我父亲就是这么个人。他的回答使我大姐又气又火，已顾不得是和父亲在说话，用手指着父亲：

"那你怎么又将门打开了？"

父亲说：

"我看着你要拿石头砸，我怕你将门砸坏了，重新做扇门又要好多钱哩！你没去帮过工的，不晓得挣一个钱有多难。"

原来父亲一直在隔着鹅卵石基脚留出的一个用以架竹竿的小口，看着我大姐在喊他，在捶门。

父亲刚这么说完，一瞧我大姐那质问的神态，手竟然快指到他的额头上来了，他便忽地一下跳了起来。

"你是我的女，你还敢用手指着我？！你莫非比日本人还要凶？到时候日本人没将我怎样，你这个样子倒要将我吃了哩……"

面对着这样的父亲，你还有什么办法呢？大姐想起了母亲叮嘱的话，不能和他吵，一吵起来就收不了场。十岁的大姐忙说：

"好，好，是我错了，是我错了，我向你赔罪，你不开门是有理的。你快跟我走吧！日本人就要进街了！"

"走？到哪里去？"父亲反而在没放瓦钵子的火箱上坐下。因为女儿的认错，他感到了一种满足。

"满街的人都逃光了，一个也没有了，赶快走吧，不然就来不及了！"我大姐焦急地催促着。

"要走就往神仙岩走。"父亲似乎有点得意地说，"可我知道，神仙岩你母亲又不得准我去。"

"对啊，母亲特意交代了我，那神仙岩是万万去不得的！"大姐一时还没明白父亲的意思。她没想到，到了这个紧急时刻，父亲竟然还要争回他自己的理，争回他自己的面子。

果然，父亲不紧不慢地说：

"那神仙岩明明是个最好的去处，既保险，离这里又近，躲到里面，饭也有煮的吃，觉也有地方睡，可你母亲就是不准去，硬要不听她的吧，到时候她又跟我闹死闹活的……"

大姐打断他的话，说：

"别讲这些了，快走吧，到我姨妈那里去！"

"你母亲那个白毛妹妹那里，我是不得去的！去了好看她的白眼啊！"父亲来了劲，仿佛这是我大姐在求他。

"快走吧，就算我求你了，就算是母亲托我来求你了！"大姐只得双手作揖，真的求起来。

父亲却说：

"我晓得啰，是你母亲要你来求我的啰，可凡事要讲清个道理，就只准我听她的，到她那个白毛妹妹那里去，就不准她听我的，到神仙岩去啊？！"

"那你到底要怎样？"我大姐简直无可奈何了。

父亲的回答是：

"崽啊，女啊，你莫逼我，我哪里也不去，我就守在这里，守在家里。我就不信，日本人硬会把我怎么样……"

时间，就在我大姐捶门、喊门、砸门，在父女俩的争吵中，在父亲的好歹不动中，在我大姐的无可奈何中，被拖延，一再被拖延。

"嘎嘣、嘎嘣"，几声清脆的三八大盖的响声，直往铺子里传来。那子弹，仿佛就打在我家后门不远处。

近在咫尺的枪声，终于使得父亲浑身一震，他站了起来。

大姐上前一把攥着父亲的手，拉着就要走。

父亲却挣脱了我大姐的手，使劲一甩，说：

"走，走，你就知道走，栏里还有一头猪哩，你就不管了？我天天给它煮潲喂潲，只有我才知道喂头猪有多辛苦……"

"嘎嘣、嘎嘣！"又是几声枪响。

父亲依然诉说着他这几天喂猪的辛苦与功劳。

大姐只能喊天了，到了这个时候，父亲还在念叨着那头猪。

大姐真想甩手就自己走了拉倒，可又不能这么走，也实在不忍心走啊！大姐那双小手急得直拍裤腿。

父亲大概被我大姐的急窘所感动，这才说：

"这么好不好，我呢，让着你一步，还是赶快走；你呢，让着我一步，帮我赶着这头猪走。"

我大姐没有办法，只得和父亲一起，从栏里往外赶那头猪，那猪也许因呆在猪栏里太舒适，也许知道走出去后很快就会遭遇不幸，死活也不肯迈出猪栏一步。大姐抓根棍子朝猪抽去，父亲不准他抽，说抽得他心痛。父亲要大姐抓着猪的耳朵往外拖，他自己却又不到猪的后面推，而只在旁边吆喝着"使劲、使劲"。一百多斤的大肥猪，大姐那瘦小的身子怎么也拖它不动。

时间，又在与猪的僵持中继续拖延。

瘦小的大姐虽然没能将猪拖出猪栏，可她的火气再一次上来了，她拾起那根被父亲抢过去丢在地上的棍子，再也顾不得父亲心不心痛，朝着猪狠狠地几棍，就将猪赶出了猪栏。

大姐用棍子赶着猪，父亲在旁边不停地嘀咕："要小心点，小心点。"他说的要小心点，是指对猪要小心点，怕的是赶急了，猪一不小心，跌进沟坎，折了猪脚。

正在我大姐无论如何也不可能加快脚步之际，突然发生在邻家菜园子里的一幕，使得父亲终于舍掉猪而撒开了脚步。

没有经历过那种劫难的人，也许认为只有像我父亲这样的人，才会如此地要猪而不要命，或者叫做愚昧的顽固透顶。菜园子里的那七个女人，却正说明了像我父亲这样的大有人在。

那七个女人，竟然是在摘辣椒。她们舍不得园子里那红透了的、椒尖朝上、远远望去、一簇一簇如火红的鲜花般的朝天辣椒。

她们和我父亲的理念一样，尽管也害怕，但总想着日本人也是人，总不会见着人就杀吧。

这七个女人是姊妹，她们本来已经跟随着人流跑出了家，可一想到园子里的辣椒，一想到红透了的辣椒那股诱人的可爱劲，她们就不想跑也跑不动了。她们看着日本人还没有出现，便又相邀着跑回来，把园子里的辣椒摘了，一人分一点，再跑。七个女人结着伴，好壮胆。

她们正在摘着红透了的辣椒时，从山坡上跑下来了两个日本兵。这两个日本兵像逗着性子好玩似的，一边跑，一边不时"嘎嘣"地放一枪，制造一些他们来了的气氛。兴许这是他们打了一个大胜仗，屠杀了被扣留在伏击圈内的所有老百姓后，有意地放松放松。

两个日本兵发现了在菜园子里摘辣椒的女人们。

两个日本兵朝菜园子冲来。

这两个日本兵并不像我后来从电影里看到的那样，见了女人就"喊花姑娘"，"塞古塞古的干活"。而是冲进菜园子后，什么也没说，什么也没问，举起上着刺刀的长枪，就把两个女人刺倒在菜园子的篱笆上。

另外五个女人哇哇地尖叫，用手捂着脸。日本兵仍然没喊也没叫，像在靶场上练刺杀靶子似的，将五个女人全部刺倒。

七个女人，全都是仰倒在菜园子的篱笆上。她们死不瞑目，她们一个个大张着眼睛，她们似乎还有句话没有说出来，那就是：我们在摘我们自家的辣椒，我们没撩你们，没惹你们，你们为什么连问都不问一句，就这样下了毒手？！她们的心里，或许还在惦挂着没有摘完的辣椒，那红透了的辣椒，红得耀眼的辣椒，如果一场秋雨下来，那是全会烂了的哟！

两个日本兵提着长枪正要离开，其中一个好像看出被她们刺死的女人中，有一个与众不同，便对另一个招一招手，两人又走拢去。

日本兵发现其中一个是孕妇。

"哇哇！"他们兴奋地叫了起来。

一个日本兵从枪上取下刺刀，另一个日本兵将死了的孕妇从篱笆上一拖，拖到地上；取下刺刀的日本兵弯下腰，"哧"地一刀，划开了孕妇的肚子……

划开孕妇肚子的日本兵伸出双手，将被划开的孕妇的肚子往两边一撕，抓出一个血淋淋的婴儿，他看了看血淋淋的婴儿，然后随手往空中一抛，另一个日本兵举起长枪，一刺刀接着从空中落下来的血淋淋的婴儿，顶个正着。

这个日本兵晃动着被刺刀顶穿的婴儿，如同晃动着一件战利品。那个抓出血淋淋婴儿的日本兵，则将血淋淋的双手在孕妇的胸襟上擦了擦，而后两人同时发出兴奋不已的嗷叫。

这七个既没惹日本人，也没撩日本人，仅仅只是在自家的菜园子里摘那红透了的辣椒的女人，如若按修家谱的书写称呼，或者要将她们的名字刻到私家墓碑上，我大姐都能喊出来，也知道该如何写。她们是：张李氏、黄李氏、刘李氏、石李氏、倪李氏、赵李氏、王李氏。

这头一个字，是她们丈夫的姓；第二个字，是她们的姓。那时的女人，没有自己的名字，即便有，也没有人去叫她们的名字，家谱或墓碑上，更不可能写上、刻上她们的名字。她们只能是某某氏。

而那个还未出世的婴儿，究竟是男是女，不得而知。

一看到日本人片刻工夫便一连刺死了七个妇女，一看到日本人将孕妇肚子里的婴儿挑到刺刀上挥舞，父亲这下才真的吓慌了，才真的知道日本兵不管你撩不撩他们，惹不惹他们，总之他们是不需要任何理由便杀人。他什么也顾不得了，也顾不得那头猪了，撒腿就跑。我大姐这才能放开手脚，紧跟着他。而那头没有主人管了的猪，因为突然间不再挨木棍抽打，感到一阵轻松，朝着菜园子跑去，它要去拱猪草。

"砰"的一枪，猪倒在了泥土里。

两个日本兵忙着拖猪。不知从哪里又来了一个日本兵，叫喊着朝我父亲和大姐追去。

父亲根本就不是往我姨妈住的那个方向的山上跑，他只是胡乱地、慌不择路地跑。其实只要跑到山上，躲藏的地方就很多。我大姐喊他，他仿佛根本就听不着；我大姐想抢到他前面去，却又无法越过。小路狭窄，只能容一人通过。

追在后面的日本兵为什么没开枪，搞不清。也许他是见着一个小孩，和一个驼着背的中年男人，追着好玩，就如同猫逗老鼠，待到逗腻了，玩腻了，再将老鼠咬死。

父亲和我大姐终于跑到一个交叉路口，再走几步，我大姐就能跑到前面领路，这时，迎头又传来一个日本兵的叫喊。父亲忙折转身，欲往回跑，正好和紧跟在后面的我大姐面对面，此时前有堵截，后有追兵，只能往斜刺里的另一条小路跑，父亲却不知道该怎么跑，只在原地急得跺脚。我大姐必须绕过他，方能跑到另一条小路去，可我大姐往左边迈步，面对面的他就往右边迈步，恰好挡住；我大姐忙往右边迈步，他又往左边迈步，又把我大姐挡住……

从后面追来的日本兵仍然没有开枪，在前面拦截的也没有开枪。

从后面追来的日本兵一把抓住了我大姐。

就在日本兵抓住我大姐的那一瞬间，我父亲却突然灵泛得像只兔子，转身朝着斜刺里那条小路，飞跑着溜进树丛里，不见了……

九

父亲尽管是个驼背，尽管在铺子里当掌柜已当了一段时间，可当学徒、做帮工练出的脚力仍在，他一个人逃命时跑得比谁都快，进了树丛后，还知道不跑直路，怕日本兵从后面开枪瞄得准。后来他说他听见了"嘎嘣"的枪响，但没伤着他丁点。

父亲进了八十里山后，再没有碰见一个日本兵。他心里一边说着母亲真是个能掐会算的女人，她怎么就知道跑到她白毛妹妹这八十里山来就没有危险了呢？一边又在心里犯嘀咕，见到我母亲后，怎么跟她说我大姐呢？

如果说我大姐是因为他不开门，不肯走，硬要赶着那头猪而耽误了出走的时间，如果说是他挡住了去路而导致我大姐被抓去的，也就是说，如果实话实说，他怕我母亲和他拼命，要他赔崽来！

此时的父亲不是因自己的女儿被日本兵抓去了，是如何的着急，该想个什么办法能将女儿救出来，而是在想着如何跟我母亲说，瞒过母亲这一关。就如同他掉了漂洗的衣裳和母亲走失了一只蜻蜓那样去"扯平"。所以我母亲后来一提起这件事，真恨得有点咬牙切齿。

我父亲在山里慢慢地走啊走，边走边思谋，到底没想出个隐瞒母亲的万全之策，他就索性不想了，管他的呢，见了面再说。随便说句什么话，能搪塞过去就搪塞过去，实在搪塞不过去，也只好告诉她了。

我父亲完全没去想母亲是否也遇到了危难，没去想母亲背上背着的三弟，和跟在母亲身边的我。他大概只为自己总算没落入日本人手里而感到庆幸。后来我父亲自我解嘲地说他是心儿放得宽，不操心。他说，有些事你老惦挂着也不行，反正没有办法哩，还不如随他去。用句文言来说就是顺其自然。所以他身体好，活的寿命也长。

我父亲虽然是如此的令人无法理解，甚或可以说是令人愤慨。但我父亲从此却有了一个根本性的理念转变，那就是他再不说日本兵也是人，是人就该不会乱杀人的话，而是说："日本兵不是人，专杀人！"并且只要有人一提到日本，他就会说起他亲眼看见的日本人将摘辣椒的女人们全捅死在菜园子篱笆上，将孕妇肚子里的婴儿掏出来往上抛，再用刺刀接住的事。

当我大姐回老街找我父亲时，我母亲背着三弟，左胳膊上挽着包袱，右手牵着我，正从这家永远不可能回来了的农户的后门往外走。

我对母亲说：

"妈，我不要你牵，我自己会走，保证不落下。"

母亲说：

"好孩子，那你就抓着我的衣服。"

我又说：

"妈，我们就这么走了，这家的小妹妹回来后，怎么把带回来的好吃的东西给我呢？"

我还在记着那个三岁的小女孩临走时说的话。

母亲说：

"等日本人走了，我再带你来。"

母亲说着，摸了摸我的小脸蛋。

母亲摸着我的小脸蛋时，像想起了一件什么要紧的事，放下包袱，对我说："你等一下，妈转去一下就来。"她又走进屋去。

母亲一离开，我就用双手紧紧地按住放在地上的包袱，我觉得我也应该像大姐那样懂事。只是我按住包袱时，嘴里却在嘀咕：那小妹妹怎么还不回来呢？她一回来，我就可以拿着她带回来的东西在路上吃啊！我希望她带回来的是糍粑，大山里打出的糍粑最好吃。一念到糍粑，我想起这次是去我白毛姨妈家，姨妈家的糍粑也属山里最好吃的。

想到姨妈家的糍粑，我来了劲。刚想喊母亲快走时，母亲已经走了出来。

我一看母亲，不觉惊讶地叫了起来：

"妈，你瞧你的脸，你的脸……"

母亲的脸和脖子，都变成了黑的，像刚从灶膛里爬出来。

母亲说：

"很难看吧？这是我到灶屋里，从锅底抓了两把锅末灰，特意涂上去的。"

我不懂母亲为什么要在自己脸上涂锅末灰，赶忙说：

"妈，你快去洗一下脸，哎呀，好多灰。"

母亲说：

"我自己涂上去的，我还去洗掉干什么？你只说，妈这样子丑不丑？难不难看？"

我说：

"妈，是有点丑哩。你怎么要将自己变丑呢？"

母亲说：

"丑了吗？丑了就好，我就是要让这张脸变得让人不愿看。不过你放心，到了你姨妈家，妈又会变回原来那样子的。"

三十出头的母亲，尽管有了三个孩子，但她依然知道自己的漂亮。当年母亲出嫁时，尽管父亲家里已是穷得叮当响，但仍然按照习俗，雇了一乘轿子接母亲过门。只是没有吹打的迎亲乐队。当轿子到了老街的街口，停下来歇息时，母亲从轿子里一走出来，新娘子的漂亮立刻轰动了街上的人。母亲很快被围住，只听得一片啧叹声，说老街怎么就没有福气迎来这么漂亮的女子。更有人跟她开玩笑，说新娘子你别去乡里了，我们街上的男人任你挑，你干脆来抛绣球，你抛中谁便是谁，只要你选中，全街的人来贺喜。母亲并不羞怯，而是笑着说，抛绣球的事是没法做了，以后我把家安到你们街上来啰。围观的人齐声叫好，说你来我们街上安家，我们就天天可以看美人了。结果把父亲气得该死，连声喊起轿起轿，快走快走，没见过这种街上人。

母亲是怕自己依然美丽的面庞带来麻烦。她想着万一遇上日本兵时，这张变脏变丑的脸有助于她脱逃。

母亲总是把什么都想在前面。

母亲背着三弟，带着我，绕道往我白毛姨妈家去。

一路上，不断地有逃难的人迎着我们而来，这些逃难者都是住在沿江一带的，他们不光是扶老携幼，还有的赶着猪，牵着牛，提着鸡，抓着鹅。

母亲猜着他们都是奔神仙岩而去的，但还是忍不住停下来问一位老人。

"你老人家，是往哪里去投亲戚啊？"

老人回答说：

"还有什么亲戚可投呵，都在各自逃哩。"

母亲说：

"那你老人家这是去哪里？"

老人指了指神仙岩的方向。

母亲说：

"那边怕也不行呢！"

老人不置可否，反问道：

"你这位大嫂，怎么还往前面走哩？前面更去不得！你还带着两个孩子，你家男人呢？不跟你一块走？唉！"

老人长叹了一口气。他其实话里有话，他是揣摩着我父亲已经在山里被日本人杀了，只留下孤儿寡妇在逃难。

母亲说：

"老人家，我是到八十里大山去投亲戚的，依我看，你们还是跟我一起走，到八十里大山去吧。"

老人连忙摇头，说：

"去不得，去不得，日本人就是在山里杀人杀过来的。他们只怕现在还在山里呢！"

老人说完，匆匆便走。

看着从我们身边慌慌张张走过的人，我也禁不住对母亲说：

"妈，我们是不是也跟着他们往回走算了。"

"不行，还是得往大山里去！"

母亲像回答一个大人的话那样，说得很坚决。但她接着又说：

"你想，日本人在山里杀了人，他们肯定要从山里出来的，现在说不定就已经全出来了。山里不就没有日本人了吗？这个时候如果不进山，他们只要将江边的所有码头一封锁，想进山也进不成了。"

母亲明明知道七岁的我不可能全部听懂她的意思，但还是把她的道理一一分析给我听。

母亲说：

"儿啊，咬紧牙关，跟着妈，快步走！躲过这场劫难。"

为了加快速度，母亲带着我又转向另一条小路，给迎面而来的人让路。

就这样，母亲硬是凭着她的分析判断，毫不为难民的潮流所动，逆向而行。如果那时候不是母亲这么坚决，我们肯定也进了神仙岩。

我跟着母亲走啊走，前面出现了一片黑松林。

黑松林遮天蔽日，此时更加显得阴森可怕。一条小径往里伸去，仅看得丈把远，就不见了。挡住视线的老松树干，斑斑驳驳的树皮，像一张张狰狞可怖的脸，在对着我狞笑。又似乎在说，你进来吧，进来吧，你一进来就要把你吞噬。

我平常就听母亲和人开玩笑时说过黑松林，但不知道是不是这片黑松林。母亲以黑松林开玩笑的对象，往往是哀叹着说这件事难做，那件事也难做的年轻后生，每当有这样的年轻后生来找母亲"诉苦"时，母亲先是劝他认认真真地做些正经事，不要怕吃苦，不要怕劳累，吃得苦中苦，方为人上人。当劝说无济于事时，母亲就会笑着说："那你就只有到黑松林去！"意思是你什么事也不愿做，那就只有到黑松林去做土匪，干剪径的行当了。父亲吓唬我时，更是说，你再哭，把你送进黑松林去！

此时真的见着了黑松林，我不由地紧张起来。

我们刚一沿着那条小径走进去，只听得"呱——呱"的几声，黑松林发出一阵震动。

我吓得一把抱住了母亲的腿。

母亲忙搂住我，说不怕，不怕，这是惊动了老鸹。她指着被松树遮住、几乎看不见的天说，老鸹在飞哩，飞出去了。

母亲说有老鸹惊飞，就说明黑松林里没有可怕的东西，而黑松林离我们要过江的地方很近，这也恰好说明从这儿过江最安全。

母亲说的"可怕的东西"，指的是人，是日本人，而不是指土匪。母亲不怕土匪。母亲曾跟我们说过，有一次街上来了土匪，那是夜里，土匪打着火把，围住了距我家很近的铺子。土匪竟然恐怕吓了我家，有人大声喊话，说："盛兴斋的人不要怕啊，我们不是对着你家来的啊！"母亲说你们知道这是为什么吗？这是平时多做善事的回报。不管是谁，只要来到我们家，母亲总是好生招呼，讨钱的，给几个小钱；讨米的，给一点点米，和和气气地打发人家走。而土匪大抵都没有枪，只有些木棒棍子，最多有几把马叶子刀。来到街上的大多是报复，报复在讨钱讨米时曾受过的窝囊气。

母亲嘴里说着要我别怕，右手却已经抱起了我。母亲说，我抱着你出黑松林，你就不怕了吧。这样，母亲背上背着三弟，左手挽着包袱，右手抱着已经七岁的我。我觉得母亲的力气真大。

后来我一想到黑松林的这条小径，就格外佩服造出"剪径"这个词的人。把土匪或绿林行当称为剪径，那真是再也确切不过了。试想，当你挑着货物，或推着货物，或背着货物，沿着小径而入，刚走不多远，只听得一声锣响，或一声呼哨，冲出几个手执钢刀的蒙面人来，把你的东西给抢了，甚或把你这人也杀了，那不正是把你走的这条小径给剪断了吗？

走出黑松林，很快就到了江边。江水在这里分成两股，既宽又深的那股仍可行船，我们面前这股的江面比较窄，水不深，但水流急，急流中间立有石墩。母亲脱下鞋子，露出她自己争取到的天足，卷起裤腿，正准备再将我抱起，踩着石墩过河时，我突然指着江里叫起来：

"妈，你看，那是什么？"

母亲一看，浑身竟颤抖起来。

漂下来的，是一具一具的尸体。

尸体越漂越近，越漂越多，互相撞击着，被急流推涌着，转着圈儿，卷起旋涡。有的就被石墩挡住，横陈着；有的撞到石墩上，很快又被后面的尸体挤开，擦着石墩，往下漂去……

河里奔涌的尸体，全是穿着黄军装的人。

这些进入伏击圈，被日本兵打死的军人，是被抛到扶夷江中的呢？还是在向江边逃跑时，直接被打死在扶夷江里的？逃跑时被打死在江里的可能性不大，因为日本兵扎紧的口袋不会网开一面，凭借抵抗杀出条血路几乎不可能。当时的境况除了投降，有可能乞得一线生还的希望外，别无他路。但显而易见，即使已经投降，也是全部被杀害。

这就只有两种情况，一种是对于突围来说，在毫无实际意义的抵抗中被消灭；另一种就是日本兵将俘虏全部残杀。

不管是在被抵抗中打死，还是成了俘虏后被惨杀，这么多的尸体进入扶夷江，都只有一种可能，那就是将尸体从山上往下滚，往下抛，再被江水席卷而来。

然而，这可不是几具尸体，而是上千啊！日本人自己会动手吗？肯定不会。剩下的答案，就只有在日本人的刺刀威逼下，被扣留的老百姓来干这件事。而老百姓干完这件事后，便被统统杀掉！

至于日本人为什么要这样干，谁要是想从什么军事、什么战争的角度来做出些什么解释，恐怕是难上加难；因为集体屠杀俘虏，无论用哪部战争的"法典"也不会给出理由；逼迫百姓抛尸，再把百姓集体杀掉，是军事的需要吗？而要想从人性的角度来得出点什么解答，更是徒劳。倒是我那既能说他愚蠢，又能说他顽固，既能说他自私，又能说他傻偏的父亲，一句话便给出了个答案。用我父亲的原话说是："有什么可解释的哩？他们不是人，毫无人性！"

当时站在江边的我，已经吓得哭了起来。母亲蹲到地上，将我紧紧搂在怀里，嘴里只是说造孽造孽。恐惧、紧张、愤恨……充满着她那张被锅灰涂黑，而又被汗水冲刷得一道白、一道黑的脸。

看着那恐怖的江面，就连母亲也不敢从这儿过河了。就怕那河中的尸体将过河的人席卷了去。

我母亲猛然站了起来，说：

"走！再绕道走！我就不信今天过不了这条河！"

母亲领着我绕道而走，路上，碰到了一些也往大山里跑的人，当我们结成一队时，我感到胆子壮了一些。

终于，我们进了八十里大山的边界。

八十里大山是山连山，岭连岭，一眼望去，看见的除了山，还是山；除了树木，还是树木。那些树木多是奇形怪状，藤缠树，树缠藤，或笔挺直指云天，或横亘却不倒下，树上有花而非树所开，藤上有果又非藤所结，相互依赖，相互纠缠，编织出了一座大自然原始生态的植物园。几十年后，这里成了植物学家最感兴趣的地区，说是这有着上百种珍奇的树木。可当时，我最感兴趣的是那条小溪。

汩汩流淌的小溪如同一条银色的飘带从树丛中霍然而来。流过老树横亘形成的天然木桥，淌过野草野花，原本夹带的些许泥沙尽数滤去，溪水透明得像蒙上了一层玻璃纸。又累又渴的我往小溪旁一栽，捧起溪中的水就喝。尽管母亲大声喊不要吃生水，但我还是狠狠地喝了几口。

我说什么也不肯走了，我也实在走不动了。我模仿着大姐那常常能将母亲打动的口气说：

"妈，我们已经到了八十里山，没有什么危险了，多歇一会也不要紧。"

母亲却打量着四周，说：

"这里刚刚进山，恐怕还是不行，如果万一有掉队的日本人，其他的日本人就会返回来搜寻……"

我不知道母亲怎么会说起掉队的日本人来。她大概是以凡是吃粮当兵的队伍，就总有掉队的人来推论。在我长大后所看到的小说和电影中，对日本兵的描述就几乎没见过有掉队的。但我母亲在接下来的那些日子中，没有少说过"掉队的日本人"这句话。而后来的事实证明，她所说的"掉队"，其实是日本人猖狂到无以复加的地步，完全无视老街人、乡里人的单兵行动。

母亲要我站起来继续走。她说她记得这附近有一座庙,要歇息就到那庙里去歇,她正好去拜拜菩萨,求菩萨保佑。

"呆在这溪水边不行!"母亲对我说,"你知道口干了要吃水,那日本人说不定也正是口干了,要来找水吃呢!"

母亲的这句话引起了与我们同行的人的哄笑。

"你老人家,连日本人口干都知道?!"

"日本人还会跑到这里来吃水?这个地方他们找得到?"

"你老人家,还是别管日本人口不口干,你老人家也先来吃口水,好好歇一下吧!"

……

母亲并不理会对她的哄笑,而只是说:

"万一有掉队的呢,他没有水吃还不到处找?再说这水流的声音大得很,山林里静,隔好远都能听得到。"

母亲这回的判断又是对的。可同行的人都已在溪边坐下,他们都不急着走了,都要在这有水的地方歇息歇息了。他们一边说我母亲太过于小心,尽担心些不可能的事,一边脱下鞋子,将脚浸到溪水里,撩着水,洗脸,抹脖子。

母亲仍坚持继续走,我却赖在溪边不动。母亲正要来强行拉我时,三弟在母亲的背上哭了。

三弟这一哭,母亲也只好歇息。她从背上解下我三弟,给他抽了尿,打开包袱,换上一块干尿布,再背过身去,解开衣襟,让我三弟吃奶。

三弟吃饱后,母亲将他放到溪边的草地上,三弟高兴地在草地上爬动,母亲走到溪水边,刚要掬水洗脸,又转回去,将我三弟用背带背到她背上。她又想到了那个"万一",万一日本人突然出现时,她再去背放在草地上的三弟就会来不及。

母亲的这个"万一"考虑得太及时了，正当她背着我三弟，准备在溪水中洗脸时，突然有人尖叫了一声。

两顶闪闪发光的钢盔，出现在小溪的转弯处。

"天啊！有日本兵！"

所有的人都像被黄蜂螫了一口似的，从原地猛地蹦起，撒开腿，拼了命地拔腿便跑。

母亲一把拉着我，放在地上的包袱她连看都没看一眼，便也开始不要命地疯跑。

"掉队"的两个日本兵果然是来寻水喝的，他们并不急于追，而是将枪往溪边的草地上随便一扔，再摘掉钢盔，也是随便一扔，然后仆伏于溪边，埋下头去，像牛一样喝水。

此时，如果有那胆大的藏在附近，那么只需突然窜出，将丢在草地上的长枪一把抓起，这两个日本兵就得乖乖地将手举起。当然，这些自诩为具有武士道精神的士兵不一定会举手，而是会顽抗，那么只需像他们对待中国老百姓那样将扳机一扣，就能叫他们见"武士道"去了。可是，当时还没有，也不可能有这样的人出现。而这两个日本兵正是断定他们不会遇到任何敢于稍微表示出来的抵抗，所以根本用不着任何防范。

两个日本兵像牛一样喝饱了水，才重新戴上钢盔，抓起枪，朝着人群逃跑的方向放了两枪，开始追赶。

"嘎嘣、嘎嘣"，两颗子弹打得树叶刷刷地往下掉，吓得一些逃跑的人腿杆子立时发颤，心里喊着快跑快跑，那脚却发软，怎么也走不动了。

本来人群都是沿着一条小路跑，可前面的人一走不动，后面的便只能停顿，喊前面的人快点快点，要不就让开路。后面的这么一催，前面的更动不了。喝饱水的日本兵却渐渐近了。

母亲一见这情形，拉着我转身就往另一条小路跑。这一跑，两个日本兵也分开追，一个直朝我们追来。

母亲背着我三弟，又要拉着我，自然跑不快。跑到一个拐弯处，母亲突然停下来，将我往路旁的草丛中一推，要我藏到里面，不管发生什么事都不要出声，不要出来。我说："妈，你怎么办？你也快躲起来呀！"母亲说："我如果也躲起来，日本人就会在这儿搜。我就让日本人追，只要他追得上我。你放心，兔子急了也会咬人！"

我不明白母亲为什么说出"兔子急了也会咬人"这么句话来，我认为母亲是在宽我的心，好让我不要跑出去。

母亲说完就朝我相反的方向跑。

我藏在草丛里，使劲闭着眼睛。我害怕一睁开眼，就会看见最可怕的事。不一会儿，传来沉重的"噔噔噔"的脚步声，我知道那是追赶母亲的日本兵来了，我紧张得将头全埋进草里。凭我长大后对七岁时的记忆，在这一刻，我完全是担心自己被日本兵发现，而不是担心母亲被日本兵追上。我为此曾发出过慨叹：母亲为了儿子，甘愿让日本兵追，甘愿去冒死亡的危险；儿子首先想到的，却是自己！然而，这个仅仅七岁的孩子，肯定是受我父亲的影响所致。由此可见自私的遗传性是个痼疾。

"噔噔噔"的脚步声从我身边过去了，朝着和我相反的方向去了，渐渐地离我远了……

我脱离了危险。被日本兵追着的母亲，却不知是因慌乱，还是下意识，她竟然跑进了那个她曾经去过的庙。

一个荒庙，能有什么地方可供藏身的呢？

母亲一进入庙中，才仿佛恍然大悟，怎么能跑到这个地方呢？她将庙内环视了一番，但实在是跑不动了，她想找个地方暂时躲一下。可是就连那尊依然高坐在供桌上方的菩萨，也是个泥木做的实心菩萨，想如同电影中那样藏进菩萨的肚子里去是不可能的，即使是躲到菩萨身后，也无法将自己全部拦住。母亲慌忙又往外跑，可那个日本兵已经追进来了。

面对着双手端着长枪的日本兵，母亲大睁着惊恐的双眼，一步一步地往后退，日本兵则一步一步地逼上来。

然而，我母亲那双紧紧盯着日本兵的大眼，虽然有惊恐，但在惊恐之外，更多的却是冷峻——她往后退的脚步，并不是慌乱，每一步提前往后挪动的那只脚，一落到身后，即呈横形脚掌，也就是说，只要她站定不动时，保持弓步或变成马步，就随时都能招架攻击并及时反击。我母亲从我那武秀才叔祖父那里偷学来的武艺，第一次面对着一个异国侵略者，一头无恶不作的野兽，展示出应有的功效。只要这个日本兵不是对着我母亲，将那三八大盖的扳机一扣，那么尽管他有着一杆吓煞人的钢枪，真要拼打起来时，谁胜谁负，尚难以预料。

这个日本兵并不想在这个时候扣动扳机，他如果想扣动的话，早就已经扣了。他从穿在脚上的靴筒子里抽出了刺刀，他用左手提着枪，右手扬起那把刺刀，说出了一句我母亲竟然能够听得懂的话。

我母亲一听懂他说的那句话后，就用手指着自己那涂过锅末灰的脸，再使劲地摆手。我母亲说自己不是日本兵说的那个，绝对地不是。可是我母亲不知道，她那张涂过锅末灰的脸，早已经汗水浸淋、冲刷，不时地用衣袖、围裙擦汗，显现出来了她的本来面目。

日本兵不知是不是能听懂母亲的话，如果他真的听不懂，那么从母亲的手势也能明白，于是他吼叫起来，大概是斥责母亲在说谎，恶狠狠地说母亲就是他说的那个！

我母亲忙用手指一指自己的背上，那意思是告诉对方，她已经是好几个孩子的妈妈，你若不信，背上还正背着一个。可我母亲的这些意思却似乎激怒了这个日本兵，他高扬着刺刀，比划着，越逼越近。

我母亲装作不懂他的意思，一边往后退，一边像害怕不已地转动着她那灵泛的眼珠，寻觅着可以防身的武器。然而，庙里除了那泥塑木雕的菩萨，任何可用来抵挡的东西也没有。菩萨脚下只有一个供桌，供桌上有一只香炉，炉子里残存着不少烟灰。

我母亲一步、一步，慢慢地往供桌移去。

日本兵逼得更近了，我母亲能清楚地看见他脸上布满的疙瘩，那些被称为青春痘的疙瘩，似乎在他狰狞笑着的脸上不停地跳跃；还有那两道浓黑浓黑的眉毛，和浓眉下那双既充满杀气，又浸透着淫欲的眼睛。

他也许不是一个职业的"武士道"狂徒，而是在日本近卫内阁新体制下被征召入伍或自愿入伍的一名年轻士兵。他要为建设"大东亚新秩序"而贡献自己的力量，并向他们的天皇发誓，不惜献出自己的热血和生命。他在入伍前，也许是一个农民，也许是一个工人、小商贩，甚或是一个学生！他在自己的故土，在自己的家乡时，遇见亲朋好友、左邻右舍，也是像老街人一样非常礼性地打招呼的，作为一个日本人，他当然不会像老街人那样开口便是"你老人家"，但他和他的同胞们那满口的敬语，每句话最前面的敬称，其实比"你老人家"还要显得尊敬，使用的频率还要更高。而且，他和他的同胞中也有信佛的，对菩萨的虔诚信仰，希冀菩萨保佑的心情，和中国的信徒没有什么不同。他正值青春期，他一定有位可爱的女友，或者已经有了一位温柔漂亮的妻子，可他此刻，却要强奸一个中国的母亲，而且就在有菩萨看着的庙里！他还打算在菩萨的脚下强奸了这位母亲后，将这位母亲杀死，包括母亲背上的婴儿。他会不会将所做的这一切，写信告诉他的女友，或者他的妻子呢？还不得而知，但有一点可以肯定，他会告诉他的同伙，会告诉为建设大东亚新秩序而向天皇发过誓的家乡人，他会以此为炫耀，甚至作为他的战绩，那就是他又强奸了一个中国母亲，又杀死了一个中国女人和一个中国婴儿！

当我成为新中国的大龄中学生后，我曾拿来一篇著名作家写的访问记，念给我父亲听，那篇散文说的是这位作家访问日本，亲眼看到了美国丢原子弹对日本人民造成的巨大的伤害，那篇访问记写得很有感情，厉声谴责美国丢原子弹的罪行，说日本人民是和中国人民世代友好的……可我还没有念完，我那位实在有点儿蠢的父亲却跳了起来，他说："这是什么混帐东西，竟然说美国丢原子弹丢得不对？！美国不丢原子弹，日本会在那一年投降？！什么日本人民？什么对中国是世代友好的，把我们老街人几乎全杀光了的（他又说的是老街，他只知道老街！如果他知道全中国有多少人被杀害，那还不知道会怎样呢！），不是日本人？没有日本人，哪来的什么日本人民？人民不是由人组成的，而是由畜生组成的啊！？"父亲对我说："你不要在老子面前摆知识，老子没有知识，但老子有眼睛，老子的眼睛亲眼看见过，也看得清清楚楚！"父亲甚至还指着我说："当年那日本人一刀把你给捅死就好了，你就到阴间去说日本人民其实对你是友好的……"

父亲发完这场令我不能不感到害怕的火后，竟不时偷偷地翻我的书包。他从我的书包里找出《新华字典》，专门去找"人民"的释义，可这本字典里却没有"人民"这一条。后来他不知是在谁那里借到一本词典，并请那人为他找到了"人民"的释义。父亲指着那一条对我说："你看，你看，这上面写着呢！"那本词典上面的原话是："人民：以劳动群众为主体的社会基本成员。"然而从父亲口里念出来，却成了"人民：是以，劳动群众，为，主体，的，社会，基本成员"父亲自己不会断句，他以为字典上是没断句，便按照他的断句，将一句话念成了七句。但他抓住了要点，他说："就是劳动群众，就是基本成员哩！那些当日本鬼的人，不是劳动群众啊？他们还会都是些财老板啊？他们不是基本成员啊？！难道还都是高头有钱有势的成员啊？！高头有钱有势的成员会去当兵啊？！"父亲不知道"上层"这个词，他认为"基本"的对立面就是"高头"。

我母亲将我藏在草丛里，日本人自然没对我捅刀，可日本人的刺刀已经比划着我母亲的胸衣，要我母亲将衣服统统脱掉，不然就要用刺刀划开！

这个时候，我那伏在母亲背上的三弟，"哇"的一声大哭起来。

这个幼小的、真正完全不谙世事的生灵，大概也觉察到了母亲的危险，他似乎知道，如果母亲没了，他这个幼小的生命也就没了。他的突然大哭，既像是在为母亲着急叫喊，也像是在替母亲求情，求这个日本兵在菩萨面前发一次善心，放过母子二人。

然而，三弟的哭叫，不仅没有感化这位日本"基本成员"中的一员，不仅没有帮上母亲的忙，反而使得日本兵那狰狞的笑都不见了，他一下冲过去，一把就要从我母亲背上将我三弟抓到手上。

母亲本来已经做好了逃脱的准备，可三弟的这一哭，日本兵的这一扑，必须首先保护儿子的本能，使得母亲不能按原定的步骤出手，而只能迅疾地一挪步，离开了供桌，离开了供桌上的香炉，使日本兵没能抓着她的儿子。

与此同时，母亲脸上显露出了乞求不要伤害孩子的表情，这表情是那般的痛苦、无奈、让人心疼。

日本兵却比划着做了个恶狠狠地要母亲把婴儿摔到地上的动作。他将左手抓着的枪往地上狠狠地一顿，接着往地上一掼，再加一脚，踩在上面。他这一顿、一掼、一踩，就是对母亲乞求不要伤害孩子的回答，就预示着对我那才几个月的三弟要付诸的暴行。

就在日本兵那一脚踩下去时，我母亲猛地往供桌旁一跃，伸手抓起一把香灰，准确无误地撒到日本兵的脸上、眼里。

日本兵哎呀一声，忙用手捂住双眼，就连右手上的那把刺刀，也掉在地上。

母亲趁着日本兵捂眼睛的这一瞬间，从庙里飞奔而出……

母亲撒出去的这把香灰，是老街人向日本人的第一次还击。虽说只是一把香灰迷住了日本人的眼，使母亲逃脱了魔爪，但让老街人知道了，日本人的眼睛也是进不得灰的，被灰迷了的日本人也是要用手去擦的，从而推定：日本人的脑壳，也是能被砸烂的！

　　我们终于到了白毛姨妈家里。

　　白毛姨妈的房子建在一个山坡上，虽说是山坡，但已被整理得相当平整。房子背后是一片葱郁的竹林，竹林中间有一条小道，通到一个池塘，池塘里的水已经干涸。我们就是绕过干涸的池塘，沿着竹林里的这条小道，来到白毛姨妈家后门的。

　　白毛姨妈的房子虽然是茅草屋，但很大，有好几间，每一间都很宽敞，收拾得干干净净。在用做厨房的大间里，还有一条像小溪样的水道从厨房流过，不知我白毛姨妈是从哪里接水进来的。水道里的水已经很清了，可水道旁边还打有一口水井。白毛姨妈只是在水道里洗菜、洗衣服；煮饭、炒菜、喝水都是用水井里的水，这口水井很深，打上来的水比老街的井水还甜。

　　白毛姨妈和她的丈夫都很能干，他俩在这深山老林里，本来过着极其平和的日子，几乎所有的生活都能自给自足，每年只需下山换些盐、整理整理农具什么的。但可惜我姨夫年轻轻的就积劳成疾，山里人只能靠采些草药治病，那草药再神奇，使用不善的话也使得许多本可以治好的病，成了不治之症。年轻轻的白毛姨妈没有孩子，孤身一人，我真不知道她一个人是怎么在这深山老林中捱过每一天的。但白毛姨妈生性快活，似乎并不犯愁，还特别爱笑。

　　白毛姨妈一见着我们，高兴得连蹦带跳。她一把抱起我，将我举到她的肩膀上，要我骑"高马"。她又抱过我三弟，在三弟脸上一顿乱亲，亲得三弟哇哇大叫，她则笑得格格的不停。

当白毛姨妈得知我们是如何遇险，又是如何脱险的事时，一个劲地说搭帮菩萨保佑，搭帮菩萨保佑。

我在一连啃了几根包谷棒棒，吃了两碗糙米饭，喝了一大碗秋丝瓜汤，将饿得瘪瘪的肚子胀起来后，坐到母亲的对面，目不转睛地盯着母亲。

母亲见我这么使劲地盯着她，不由得摸了摸脸，说：

"你这样看什么？我的脸还没洗干净？"

母亲不知道，我这是在用崇拜英雄的眼光注视着她。但我不会说"英雄"，又一时想不出什么更好的话来，便突然说：

"妈，你就像是大戏台上的赵子龙！"

我跟着母亲看过大戏，那是从县城下来的戏班子，在老街河对面的沙滩上扎起戏台，天还没黑就响起锣声、鼓声，那锣声鼓声先是零零碎碎地敲几下，打几下，夹杂有几声尖厉的唢呐叫，还有二胡的调弦声。到得天黑下来时，锣声鼓声骤然热烈，时而如疾风暴雨，时而如扶夷江中涨水的大潮，响得老街上吃夜饭的人做手脚不赢，忙忙地扒完几口饭，便吆喝着去看大戏。此时四乡的人也开始来了，且衣服都要穿得整齐些，平时难得有社交活动的姑娘们、小媳妇们也能成群结队而来，各自在头上插一朵花，或在对襟衣服的布扣子处别一条鲜艳的布巾，说说笑笑，打打闹闹也无人干涉。人群中的问候语更是不断，"你老人家，去看大戏哩！""有大戏看哩，你老人家！"如过节日一样的兴奋。

大戏台下的观众皆是站着，无人坐凳，好自由活动，站累了，走开，到沙地上坐下，讲白话，讲那旦角是如何的漂亮，那武生是如何的威风……戏台上的唱词其实是没听清几句的，也用不着听清，大抵都是晓得戏文的；老树的树杈上则爬满了细把戏，彼此说着与戏文完全无关的事，唧唧喳喳，像喜鹊似的叫个不停。忽听得有人喊："呵，赵子龙出来了！"细把戏们遂立时缄口，看"赵子龙"的武打。赵子龙出来必是《长坂坡》，无论大人、小孩都爱看。

赵子龙《长坂坡》是单骑救主，大概因为那"主"是一个小孩的缘故，被赵子龙揣在怀里，和细把戏们有着紧密的联系，故都将赵子龙视为心中的英雄。

我母亲从日本兵手里逃出来时，正是将三弟一直背在背上，所以我说母亲是赵子龙。

母亲听我说她是赵子龙时，却说：

"赵子龙一身是胆，我怎么能和他比？当时我还没被吓死？整颗心都是怦怦跳，要蹦出来了。"

我说：

"妈，我才不信你被吓住了呢！不过，你怎么只抓一把香灰呢？你应该抓起那个香炉，把日本鬼砸死！"

母亲说：

"你懂得什么？第一，你不知道香炉的重量，不知道一下能不能够抓起，如果一下没抓起，那就死定了；第二，即使你能抓起香炉，那也要时间，抓香炉要时间，举香炉要时间，就连砸去时，还有个时间，那种时间是连一丝一毫（老街人还没有分秒的概念）都耽误不得的，抢到那一丝丝时间，你就赢了，若是没抢到，那就只有输了，打仗叫兵贵神速，两人交手叫眼明手快……"

母亲说完，叹了一口气，说："我还是太胆小，太胆小……"旋又像为她自己辩护说，"到底没见过这样的阵势——钢枪、刺刀，我背上还背着一个嫩毛毛……"

母亲似乎有些遗憾，有些后悔。她遗憾、后悔的究竟是什么呢？当时我没弄清。

这时白毛姨妈插话了，白毛姨妈说：

"姐啊，你讲那日本人进庙说的那句话你能听懂，他到底说的是句什么话呢？"

母亲说：

"那有什么好说的，反正他是讲了一句中国话。"

二十多岁的白毛姨妈竟带着撒娇的口气说：

"姐啊，你就讲一下嘛，讲给我听有什么关系？"

母亲仍然不肯说。白毛姨妈就抓着我母亲的手，使劲摇，说：

"姐啊，你讲一下嘛，让我也听听日本人是怎样说话的吗！他说出来的是不是人话？"

母亲这才说：

"他那时讲了一句中国话，我硬是听懂了。他说什么花姑娘，花姑娘……哪里有花姑娘？"

母亲讲到"花姑娘"时打了一下顿。

"那个该死的把你当作花姑娘哪？！哎哟姐，你真还是那么漂亮哩！"白毛姨妈笑起来。她这一笑，倒使得屋里的气氛轻松了许多。

母亲说：

"别乱讲，他是问我哪里有花姑娘？我说我不知道，要他到别处去找，反正我不是花姑娘。"

母亲说这话时竟有点羞涩，脸上还起了一阵红晕。

母亲虽然说的是日本人问她哪里有花姑娘，但我稍微懂事一点后，却断定是母亲将日本兵的话改了一下，其实日本兵说的是："花姑娘的，大大的干活！"因为后面的一切，都是他要强奸母亲的举动。而母亲之所以把它改了，是因为即使没有被强奸，说出来也不好听。

白毛姨妈又问我；

"老二，你妈妈将你藏在那草丛里，你也吓得该死吧？"

我回答说：

"姨妈，你也藏到那草丛中去啰，去试一下啰，看你怕不怕啰？"

白毛姨妈又笑起来。

对世事似乎完全不知晓、对迫在眉睫的灾难更是毫无所料的白毛姨妈，就像个小孩一样天真。

见白毛姨妈在笑，我却非常认真地对母亲说：

"妈，我幸亏是跟着你，要是跟着父亲，可能就到不了姨妈这里了。"

我这么一说，母亲急了起来，她赶紧走到门口，望着外面，嘴里不停地说："他们怎么还没到呢？他四爷和老大怎么还没来呢？"

白毛姨妈说：

"我那姐夫走得慢，挨得很，老大又只能陪着他慢慢走，姐你就放心吧，他们等一下就会到，不会有事的。"

白毛姨妈将我母亲拉进屋里，要我母亲坐下，正继续说着要我母亲放心的话时，父亲来了。

白毛姨妈笑着说：

"怎么样，我说准了吧。"

白毛姨妈迎到屋外，忙喊姐夫快进屋坐，快歇息；说姐夫一定饿坏了，她就去热饭热菜。

我父亲对白毛姨妈的热情招呼毫无表示，呆呆地走进屋来。可他一见到我母亲，说的第一句话竟然是：

"他四娘，你看见我们那老大么？"

母亲一听，顿时惊愕了：

"你说什么，老大没有和你在一起？"

父亲说：

"开始倒是在一起哩，可后来走着走着，就不见她的人影了。我还以为她是找你去了哩！"

父亲讲起了一个身为父亲无论如何也不应该讲的谎话。他没等我母亲回答，又说：

"她没找着你，总是到哪里玩去了。这孩子，太贪玩了，太不懂事了，唉，唉，都是你平常惯的……"

父亲的这番假话，是在路上想了好久才想出来的，他要来个先发制人，责怪母亲一番，好让母亲不再追问我大姐的去向。可他的谎话怎么能瞒得了精明过人的母亲，他还没说完，我母亲就狠狠地问道：

"驼四爷，你老老实实地跟我说，我那老大，是不是被日本人抓走了？！"

父亲竟然回答说：

"怎么会被日本人抓走啰？我一路上都没碰到个日本人！肯定是玩去了啰，等一下就会来的啰。你就别操心了。"

说完，他便转移话题，喊道：

"她小姨啊，快拿饭来，我确实是饿了哩！唉，唉，吃饭要紧，吃饭要紧。人是铁，饭是钢，一餐不吃饿得慌。这话一点不假，不假。"

父亲一边说，一边就往厨房走，他要避开我母亲，免得我母亲再问。可他刚一挪步，就被我母亲当面堵住。母亲说：

"驼四爷啊，到了这个时候你还不讲真话！我那老大，是我要她来找你的，是我要她无论如何也要把你拉到这里来的，她如果不对你下点功夫，你会来？你不往神仙岩去才有鬼！我的儿子那么懂事，那么听我的话，时刻都会挂念着我，她还会跑到别的地方去玩？！驼四爷啊驼四爷，儿子明明是被抓走了，你却还要编一套假话来哄我，你还是个人吗？"

母亲这么一说，我父亲只得讲实话了。可他的实话竟然是向母亲讨好：

"他四娘，硬是什么事都瞒不过你，你怎么就知道老大被抓走了？"

我母亲一听我大姐真的被抓走了，顿时双手乱捶胸口，嘴里要喊什么，但已经喊不出声，接着往后便倒。我父亲却只是在旁边说："那也怪不得我，怪不得我……"

白毛姨妈忙将我母亲扶住，把她扶到床上，用大拇指掐住母亲的人中，要我快拿水来。

我母亲醒过来后，并没有要找父亲拼命，而是喊道：

"我要去救我的'儿子'，去救我的'儿子'！兔子急了也会咬人啊！"

这是我第二次听到母亲喊"兔子急了也会咬人"的话。

母亲接着又说她好后悔，好后悔。谁也弄不清她说的好后悔指的究竟是什么？父亲则有点战战兢兢，认为母亲是后悔不该让我大姐去找他。他怕我母亲是急疯了，在说疯话。

十一

母亲果然有点像疯了一样，整个晚上，她都不再说话，饭也不肯吃，只是呆呆地坐着，望着老街的方向。白毛姨妈陪着她，不停地说着宽心的话。

白毛姨妈其实心里清楚，她说的这些宽心的话都是没有用的。尽管她还没见过真的日本人，但从我母亲的遭遇中，她也明白，被日本人抓了去，或落在了日本人手里，生还的希望微乎其微。可她不能不说，她知道疯心的人要有人陪着说话。她要用自己的话来迫使母亲开口。

终于，母亲开口了。

母亲说：

"你睡觉去。不要管我。我要一个人呆着。"

白毛姨妈说：

"姐，你说我能去睡觉吗？我睡得着吗？"

母亲又不吭声了。

白毛姨妈终于困倦了，再也支持不住了，打了一个长长的呵欠。母亲却说话了。

母亲说：

"去，给我热饭热菜去，有好吃的都拿来，越多越好。"

白毛姨妈惊愕地说：

"姐，你这究竟是怎么哪？要么一口不吃，要吃就做死的胀啊！"

母亲说：

"你也以为我疯了吧？我不疯！吃饱了姐要办事去？"

白毛姨妈赶紧问：

"办事？办什么事？才半夜哪！"

母亲说：

"这你不用问。我自有我的主意。"

母亲说完，又问：

"驼四爷呢？"

白毛姨妈说：

"睡了，早睡了，他也辛苦了呀！"

母亲冷笑了一声，说：

"亏他还睡得着！"

白毛姨妈将饭菜热了端出来，母亲一个劲地吃，整整吃了三大菜碗。吃完后，又要白毛姨妈将剩饭捏成几个饭团子，她说要带到路上吃。

把用树叶包好的饭团子揣到身上后，母亲在睡得鼾声大作的父亲身上狠狠地拍了一掌。父亲被拍醒来，动作倒也迅速，一翻身就下了床，一边寻鞋子，一边说：

"日本人来了？是日本人来了吗？"

白毛姨妈看着我父亲那样儿，忍不住笑，说：

"不是日本人来了，是我姐有话跟你说。"

白毛姨妈太爱笑了。不管在什么场合，她都爱笑。我觉得她笑起来其实很好看，她笑起来一点也不像个嫁了人的阿嫂，而是依然像个没出嫁的女子。我觉得她除了那头白毛让人看着不顺眼外，其他地方长得都不比任何女子差。特别是她那双眼睛，眼珠呈蓝色，像西洋镜中的外国女人。可谁也不会料到，我这爱笑的白毛姨妈，有着西洋镜中外国女人那种蓝眼珠的白毛姨妈，后来很惨很惨，真正的惨不忍睹。

父亲一听说母亲有话跟他讲，忙说：

"有话讲就好，就好，那就不会疯了。不会疯了。哎呀，我硬是担心得不得了！"

母亲对他说：

"驼四爷，你听着，在我妹妹家里好生看着老二和老三，如果再出什么差错，你这条命也别要了！"

父亲连声说：

"那是，那是！还会出什么差错呢？我晓得这都是人命，人命关天哩！我还能不好生看着？！"

父亲说完，像预测到了什么，忙又说：

"他四娘，你是不是要出去啊？"

母亲说：

"我不出去还要你照看什么？"

父亲说：

"出去要小心，小心。你要出去几天呢？这个时候出去干什么？这个时候有什么好干的？"

母亲说：

"出去几天我自己也不晓得。"

此时的父亲却心细了，他忙说：

"你要出去好几天，那老二倒好办，老三喂什么，我又没有奶。"

母亲说：

"喂米汤，喂糊糊，他也可以断奶了。"

白毛姨妈说：

"还有我哩，有我哩。"

父亲似乎嫌白毛姨妈不应该插话，立即顶上一句，说：

"有你？你能干什么？你也没有奶！"

白毛姨妈说：

"我没带细毛毛，我当然是没有奶哪。可我会熬糊糊，姐夫你就不会。"

白毛姨妈难得生气。本来我父亲说出"你也没有奶"的话，是对结婚好多年了，仍然没有怀上孩子的姨妈的鄙视，后面紧接着的便是"连蛋都不会下的母鸡！"何况还将自己的丈夫克死了。只是父亲没说出来。

母亲对白毛姨妈说：

"别睬他，你越睬他他越来劲。"

母亲转身就走。父亲又问：

"他四娘，你，你到底是要去哪里？"

母亲猛然回过头，说：

"找他二爷去！怎么样？你还有什么话没有？！"

母亲说的这位二爷，就是在扶夷江里指挥过渡的那位二爷。他其实排行第十二。

一听说母亲是去找二爷，父亲嘀咕了一句什么，不知是带有无可奈何的醋意的嘀咕，还是把因醋意带出来的无可奈何的火嘀咕到白毛姨妈身上，嘀咕着那不会下蛋的母鸡……

十二

母亲果真是去找二爷了。

天黑黢黢的，正是黎明前的黑暗，连那星儿的光辉都隐匿了。母亲揣着几个剩饭团子，离开了白毛姨妈家。

白毛姨妈将母亲送出好远。白毛姨妈说她要跟着我母亲一块去，可我母亲不答应。

我不知道母亲是如何在山间的夜路上行走的，也不知道她是怎么找着二爷的。也许他们的确有个曾经约会的地方，总之母亲就是找着了他。

我想着母亲应当是这样找到二爷的：

当二爷看着扶夷江边那乱糟糟拥挤不堪的人群，怒喝着，狠骂着，指挥着救人、找船、疏散，然后霍地脱光衣服，跳进江里，像水浒的"浪里白条"一样踩着水，引领着坐上人的船儿、扮桶、划子、木排往对岸驶去时。他一定留了一个心眼，那就是看这些过江的工具上有没有我的母亲。

二爷没看见我母亲，他的心里一定有点儿着慌，他在想，这个女人，怎么到了这个时候还不过江呢？她难道还在家里收拾东西？于是二爷对着人群大喊道："就这么过，按秩序来，不能拥挤，谁拥挤我收拾

74

谁！"喊完后，他一个猛子扎进水里，泅到岸边，悄悄地上了岸。上了岸后，他穿好衣裤，就往"盛兴斋"——我家的铺子而去。到了"盛兴斋"，却见我家的铺门紧关，他便"咚咚咚"的捶门，且喊："他四娘，他四娘，你怎么还不走啊？快走啊！"铺门当然不会打开，因为就连我大姐都没捶开。我父亲也许在门缝里看清了是他，那就更是绝对地不会把门打开。我父亲会在心里说，我以为是谁在捶门哩，原来是这个吊儿郎当不务正业的东西，房无一间，地无一丘，连生意也不会做！你来捶门干什么？想打抢啊？！我父亲自然会忘了他当初也是房无一间，地无一丘的。

二爷捶不开门，只好走了，但他相信我母亲不在铺子里，倘若我母亲在铺子里的话，是一定会将铺门打开的。

我母亲既然不在铺子里，又没有过江，那么她到哪里去了呢？于是二爷到处寻，正寻着寻着，又响起了枪声，枪声越来越近，二爷也就撒腿跑了。

二爷说过他不过江的，他就在老街附近躲藏，他反正是一个人，两腿一抬就是搬家。

这么着就到了晚上。二爷不知躺在哪个河湾的沙滩上，数着天上的星星，可数着数着，他就烦了，数不下去了。因为他没见着我母亲，他当然在为我母亲担心。

后来二爷就从沙滩上爬起来，撩开步子，往一个叫做月亮谷的地方走去。这个月亮谷，应该就是他和我母亲约会过的地方。

月亮谷很美，三面环山，中间一块很大的绿茵茵的草地，草儿很软，不像沙滩上的马鞭子草那样略略有点扎人。月亮谷的草儿不扎人，柔软得像鹅身上的绒毛。而那环绕着草地的山，却又不是连在一块，三个山坡各有通路，三条通路又能相连。所以选择月亮谷作为情人相会之处，那是再合适也没有了的。因为这三条通路既可以让情人相互捉一捉迷藏，增加点情趣，而在相亲相爱时万一被人发现，又可以迅速跑掉。

几十年后，老街被开辟为旅游区，这个月亮谷改成了情侣谷。当然，不是因我母亲和二爷而改的，而是说明这个地方连最时髦的年轻人也特别属意。

二爷到了月亮谷后，就在草地上躺下。他没有地方去找我母亲了，可他又实在挂念着我母亲的安危，于是他就干脆在这儿等。他想着我母亲只要不出意外，一定会到这儿来的。

这天晚上，二爷在月亮谷等我母亲的情节完全是我想象出来的。我的这些想象中其实有很多漏洞。譬如说，二爷在过渡的人群中没看见我母亲时，一个猛子扎进水里，泅到岸边……这就不是事实，因为那么多过江的人看见二爷跳进江里时，是将脱下的衣裤顶在头上的，他这一扎猛子，那衣裤顶在头上岂不白顶了？再譬如，他和我母亲如果真是情人，那么我母亲一定会告诉他不去神仙岩而去八十里大山——我白毛姨妈家的决定……

然而当晚，我母亲的确是在月亮谷找到他的。

这就不能不引起我的想象，我母亲如果和他不是情人，又怎么会想到月亮谷来找他呢？而且知道在月亮谷一定能够找到他呢？

母亲在我白毛姨妈家想了差不多整整一个晚上，她把老街上的人几乎都想到了，但想来想去，只有找二爷，尽管这位二爷不太为老街人瞧得起，可母亲认为他是一条汉子，只是时运不济罢了。也正因为母亲把他看作一条汉子，平常待二爷不错，缝补浆洗的不要二爷开口，所以断定二爷一定会帮忙。有二爷在，或许能想得出救我大姐的办法。

母亲在月亮谷一见着二爷，就哭了。哭得二爷慌了神。

二爷说：

"他四娘，他四娘，有话慢慢说，慢慢说，别哭，啊，别哭！"

二爷想给我母亲擦一擦眼泪，可他又不敢，只是用手在自己的裤腿上使劲擦。

母亲在我白毛姨妈家没有哭一声，可一见着二爷，她那伤心的泪水就如打开的水闸，再也关不住了。由此可见，两人的关系的确不一般。

不管二爷怎么劝，我母亲就是止不住哭，哭得二爷来了火，吼道：

"有什么事，告诉我，天塌下来我顶着！"

二爷这么一吼，我母亲不哭了。

我母亲伤心的哭，其实不光是为我大姐被日本兵抓去了哭，还因为得不到男人强有力的话语的安慰。她毕竟是个女流之辈，摊着了我那么一个父亲，使她感觉不到一点男子汉的气魄，而她要的就是二爷这样的话。有了二爷这样的一句话，不用劝她也不哭了。

我母亲把我大姐如何被日本兵抓走的事告诉了他。

二爷听后，并没有使用老街人的"惯用语"，先数落我父亲几个"怎么能那样呢？怎么能那样呢？"而是迸出四个字：

"想办法，救！"

我母亲之所以相信二爷，大概就是因为二爷很少使用老街人的"惯用语"。如果换一个人，则必定是说出一大串"他四爷，怎么连儿子捶门都不开呢？怎么还能顾着那头猪呢？怎么还将儿子跑的路给堵了呢？……"

诸如此类"怎么能那样"的话，"礼性"虽然表现出来了，但于事无济。"礼性"完了，照样莫衷一是。

只有二爷的这四个字，是我母亲极盼得到的。我母亲的眼里，立即闪耀出希望。

然而，想个什么办法去救呢？

母亲先是说拿钱去赎，只要用钱能将我大姐赎出来，就是将铺子卖了都干。二爷摇头，说日本兵不是一般的绑票吊羊的土匪，而是无恶不作的东洋匪，他们根本用不着让你去卖铺子，他们直接将铺子占了抢了更省事。母亲说那就让她去顶替她的儿子，拿一个大人去换一个小孩总行吧。二爷更是摇头，说不行不行，你这是再送一头羊去喂豺狼哩！

母亲又说了一些办法，可都被二爷否定了。母亲不由地嚷起来：

"那你说，你说，你说到底该想个什么办法？"

我母亲到了二爷面前，就变得不太像原来那个无论说句什么话来都有板有眼的女人了，而是有点像一个小妹在对大哥赌气，甚至还有一点娇嗔的口吻。其实她比二爷还大三四岁。

二爷说：

"你容我再好好想想，想想。"

二爷在皱着眉头苦思时，母亲又说：

"要不，我们干脆冲进去，把我儿子抢出来！"

二爷说：

"冲进去？你往哪里冲？你拿什么去抢？就凭我俩的赤手空拳？"

母亲说，是啊，要有杆枪就好了。她接着便后悔起来，后悔在庙里没把日本人那杆枪拿了。她说当时如果已经知道我大姐被他们抓了，拿了那杆枪就要把那个日本兵打死！

"如果再碰上那些恶鬼，打死一个为我儿子抵命，打死两个，就算自己死了也不亏本，多打死几个就赚了。"

二爷连忙说使不得使不得。

母亲说：

"为什么使不得？难道你也怕了？"

二爷说他不是怕，而是如果真的打死了日本兵，那被抓去的人还不都会被他们杀光，还怎么救人呢？

母亲说：

"你这句话就差了，到现在为止，没有一个人去动那些恶鬼一根汗毛，他们不是已经杀死了好多人！"

母亲的这句话说得二爷不好回答了。

二爷又想了一气，说：

"现在只有这样，我先去老街探听探听情况，总得先打听到我那侄儿子到底关在哪里，日本人到底要把他们怎样，然后再见机行事。"

母亲说：

"暂时也只有这样了。只是你说的那再见机行事，怎么个行事法？"

二爷说：

"实在万不得已时，我就和你去拼，去冲，去抢呢！总之得将你那老大救出来，不能让日本人视我老街无一条汉子！你一个女人都不怕，我这个大男人还能不硬挺着？！"

有了二爷这句话，我母亲算找到了依靠。她的话语也温柔起来。

母亲说：

"我听你的，由你安排。"

二爷说：

"你就先等我的情况。"

母亲说：

"我到哪里等你的情况呢？"

二爷说：

"还是在这里吧。"

母亲说：

"那我就在这里等着你！"

二爷说：

"你干等在这里也不是个办法，我这一去也不是一会半会的事，我非得把情况全弄清楚了再来。干脆到明天晚上，你再到这里来。还有一点，你一定得听我的，你千万别直接到老街来找我，万一你也被他们抓去，那你家就没有一个能做决断的人了哪！"

这话说得我母亲心里热乎乎的。什么时候，我父亲也能对她说句这么样的话呢？

母亲还想再说点什么，可二爷已经迈开了步子。

二爷走时，我母亲又对他不放心了，连连嘱咐说：

"你自己也要当心哪，小心哪，有事来和我商量哪，不要独自做主哪，两个人的主意总比一个人强哪……"

二爷连头都没回，只回了一句话：

"你放心，明天晚上在这儿等着我就是了！"

二爷走了。

我母亲目送着二爷走后，独自一人在月亮谷的草坪上又坐了很久，她应当是浮想联翩，也许是想着自己怎么就没有找上二爷这样的丈夫，偏跟个我父亲那样的人过一世；也许是想着二爷这个人她算没看错，算是认准了，同时为自己平素对二爷的做为感到欣慰，到了关键时候，二爷终于能为她挺身而出；也许，她在为二爷的安全担心，万一二爷遭遇不测，她将失去这唯一一个可以与之商议，并能为她做决断的人；也许，她在为二爷祈祷，祈祷菩萨保佑二爷能打听到我大姐的下落，甚或能将我大姐带回来……总之，她坐了很久后，才起身，才慢慢地离开月亮谷。

……

第二天晚上，我母亲准时来到了这个月亮谷，可是二爷没来。

第三天晚上，还是不见二爷的踪影……

十三

在我母亲晚上出去，清早回来的这几日里，我父亲对母亲产生了莫大的怀疑。可是他不敢明说，也不直接问一问我母亲到底打听到了我大

80

姐的什么情况没有，而只是暗地里嘀咕，却又故意能让我母亲听到。他嘀咕的大致意思是，这叫什么女人，一到晚上就往外面跑，谁晓得跑出去干什么好事啊，唉，唉。可我母亲根本就不理睬，装作什么也没听见。有时候他实在嘀咕得太烦人了，我母亲就蓦地迸出一句："我是去会汉子去了，你要怎么样？！有本事你出去啊，你去把我儿子救回来啊！"

我母亲这么一说，我父亲就不做声了，他最怕的就是提到我大姐。可用不了多久，他又会嘀咕起来，这回嘀咕的是："会汉子你倒是不会哩！你不晓得白天出去，晚上回来啊……"

母亲因为连续两个晚上都没会着二爷，完全不知道我大姐的情况，心里焦急不安。可是她又不肯将她自己的计划说出来。她的计划是，如果这个晚上还没见着二爷的面，她就要单独行动，闯进老街去！

我虽然不知道母亲正在下着的决心，但我知道母亲是在为我大姐焦急，于是我靠到母亲身边，说一些其实没有任何作用的安慰话。母亲将我搂到怀里，反而说着些要我别怕，也别担心，说我大姐一定会完好无损地回来的话。在母亲的怀里，我竟然不知不觉地睡着了。

可是就在母亲怀里睡着之后，小小年纪的我，在这个白天，做了一个非常可怕而又奇怪的梦。我一从梦中惊醒过来，就对母亲说："我怎么做了一个这样的梦，这样的梦？"

我梦见一只饿极了的鱼鹰，在和一条在干涸的池塘里喘息的鲇鱼搏斗。

我们老街后面铺着石板的小道，是沿着一条溪流通到一口池塘的，池塘里的水再往江中流。小溪两旁本是一片蒸腾着雾霭的黄绿色的水草地，闪耀着水珠的淡白色光点。池塘里的水呈醉人的绿，醇醇地诱人。可是我梦里的小溪全干涸了，溪边的水草是一片枯黄。池塘里的水也只剩下潮润的泥巴，和一条将长长的鲇须紧贴在泥巴中，露出苍黑背部的鲇鱼。这条鲇鱼拼命挤攒，希冀在泥巴下面挤攒出一汪清波。

我梦见老街上空的天怎么竟漆黑得像口棺材，而这棺材蓦地被劈开时，兀地飞出了一只鱼鹰，这只鱼鹰尽管在如同布满鬃毛的脊椎骨一样的树林中歇息了一晚，但因为饥肠辘辘而彻夜未眠。它奋力振翅飞出枯竭的树林，第一件事便是寻觅食物。然而它看见的，只是被烤晒得爆出了一道道裂缝的老街。这些裂缝又深又干，如同让干渴折磨的嘴唇一样。它闻见的是炽热的干风，干风中透着杀人的铁枪的气息，以及嗜血的刺刀的腥味。

鱼鹰极不甘心地竭力在空中盘旋，鱼鹰一会儿左翅在上，一会儿右翅在上，它知道自己体内的能量正在一点一点地丧失，它只要稍不留神就会跌落到爆开的裂缝中去，它再想振开双翅重上山冈已经不可能。为了自我生存，它必须捕获另一个生灵。正当它的希望如同老街四乡田野里的庄稼一样枯萎了时，它不经意地瞥了瞥池塘一眼，那口池塘，它从来是不屑一顾的。就在它不经意地一瞥时，它发现没有水的池塘里有一条正在蠕动的鲇鱼……

我在这个小小年纪做的这个梦，印象实在是太深刻了，以至于我一直没有忘记。而最奇怪的是，我的这个梦竟然印证在了我白毛姨妈身上。

我在对母亲说着这个梦时，白毛姨妈走拢来听。我说完后，母亲也无法判断这个梦的吉凶。她只是说小孩子有什么梦？是野梦三千呢！母亲说的野梦三千，是指小孩乱做的梦是算不得数的，无吉凶可言。但母亲这是在宽慰着她自己的心，她其实判断出这个梦不是个好的兆头。

当我母亲在为这不是个好兆头的梦紧蹙眉头时，白毛姨妈却笑了起来。白毛姨妈说：

"哎呀呀，什么干涸的池塘，什么鲇鱼，什么鱼鹰，老二你是见着了我家后面竹林里的那个池塘，那个池塘不正是干得没有水了吗？原先那池塘里是有鱼的，很多很多，当然就有鲇鱼哪！我这山林里哪天没有老鹰在飞，天天都有的。老二你个小孩子，会做什么梦，还不是瞎想，想出这么个梦来。快别说了，别说了，省得又烦了你妈！"

白毛姨妈这么说时，我用心地想了想，我确实是跟着母亲从白毛姨妈家后面竹林里那口干涸的池塘走过，我也确实看见了在池塘上空飞过的老鹰，但我没见着鲇鱼啊！而我最喜欢在白毛姨妈厨房的小水道里玩水，怎么就没梦见这条流淌着清水的水道？我最喜欢拿吊桶在白毛姨妈打出的那口很深的井里吊水玩，怎么也没梦见这口打得很深的井呢？我确实是在大白天做了这么一个梦，我并没有瞎想啊！

然而，正因为我这个梦，正因为母亲认为这不是个好兆头的梦，母亲把她和二爷会面的事，把二爷失约，她决定晚上再去一趟，如果还没碰见二爷，她就要独自行动的事，全告诉了我白毛姨妈。

白毛姨妈说：

"姐，你讲的那个二爷是在蒙哄你吧，在眼下这个生死关头，他顾自己只怕还顾不赢哩！你就真的把他的话当真啊？！"

母亲回答说：

"疑人不用，用人不疑。二爷绝不是你想象的那种人，他肯定是出了什么事，或者有什么意外，来不了月亮谷。"

白毛姨妈想了想，说：

"姐，那就这样吧，今晚上我陪你去，如果再没见着那个人，我两姊妹也好有个商量。"

我母亲同意了我白毛姨妈的意见。可谁也不会想到的是，我白毛姨妈跟着我母亲这一去，不但再没能回来，而且悲惨至极。

我白毛姨妈的命运，真的好像应了干涸的池塘里那条可怜的鲇鱼落入了鱼鹰利爪的梦境。令人不可思议的是，她真的是在看见了鲇鱼和鱼鹰的搏击之后，才惨遭杀害的。以至于我怀疑自己的那个梦，到底是事先做的呢，还是在我白毛姨妈惨遭日本鬼的轮奸、肢解、身首异处之后的臆想。

这个晚上格外地黑，黑得让人心悸。

母亲说月圆的日子都过去这么多天了，是该到没有月亮也没有星星的日子了。

我白毛姨妈离开了她那嫁到八十里山后，辛勤构筑起来的宽敞的茅草屋、亲手挖掘的水道和引来的潺潺流水、亲手打出来的水井，和那片有着青翠的竹林，有着幽静的小道的山坡。

白毛姨妈跟着我母亲来到了月亮谷。

夜风已经带有厚厚的凉意。母亲和白毛姨妈缩在草地边缘的山岩下，这儿既可以挡风，又可以随时往能捉迷藏的山口跑。母亲心里又想到了那个万一，万一二爷真是落入了日本人的手里，他如果受不了那酷刑，带着日本人来这儿呢？这个"万一"，母亲没有对白毛姨妈说，因为她曾说过"用人不疑，疑人不用。二爷绝不是那种只顾自己的人！"可人再英雄，再是条好汉，也有被逼迫得没有办法的时候啊。

时间在死一般寂静的黑暗中非常艰难地挪着步子。母亲只是大睁着那双又圆又大、有着深深的双眼皮的美丽眼睛，一眨也不眨地盯着月亮谷入口。

依偎在母亲身旁的白毛姨妈，此时又像小孩跟着大人一样，不无惊恐，惊恐中却又有着莫名的兴奋。

终于，白毛姨妈的兴奋渐渐完全消失，取而待之的是失望和焦躁。

"姐，他不会来了！"白毛姨妈将嘴附到母亲的耳边，悄悄地说。

"别出声！"母亲将她的一双手握在自己的掌心里，轻轻地抚摩着，表达着还要等下去的决心。

母亲其实也失望了，她是在紧张地思索着如何进到老街去，到了老街后又该怎么办？

在母亲紧张地思索着时，白毛姨妈把自己的手从母亲的掌心里抽出来，反攮住母亲的手，不停地抚摩着。她感觉到，我母亲的手竟在出汗，又潮又热。

环绕着月亮谷的山上，突然跃出了一只什么野物，重重地往草地上一扑，"嗖"地从我母亲和白毛姨妈身旁窜出去了。

单身一人在八十里山住惯了的白毛姨妈，什么野物没见过呢？她曾说过，有时候晚上还有野猪来拱门哩！半夜三更还要在包谷地里撵野猪哩！她还挖过陷阱，做过夹板，夹断了一条野猪的腿哩！可此时，也许是她原本太紧张，竟被这突然窜出的野物，吓得直往我母亲怀里钻。

我母亲连忙搂着她，像哄小孩一样的说：

"白毛别怕，白毛别怕，有姐在这里呢！"

同时，我母亲心里，立即泛上一股酸楚，这么一个还像个孩子的妹妹，孤单单地守在深山的茅草屋里，日复一日，年复一年，可真难为了她呵！母亲旋即自责，平时只顾了自己那个家，对这个妹妹照看得太少，一年都难得进山看她一回，而要这个妹妹到老街多住几天吧，那个驼四爷又尽讲啰嗦，为了少和驼四爷怄气，自己也就总是未能坚持……我母亲其实还想过，干脆把这个单身一人的妹妹接到老街去，到老街找一间屋。然而，我母亲又知道，她妹妹的这头白毛，会令老街人耻笑，会让妹妹整天抬不起头来。与其受人白眼，被人歧视，还不如就呆在八十里山，还自在得多。我母亲就是在这种矛盾中，一直没能为白毛姨妈想出个好的法子。她也曾劝妹妹改嫁，再嫁一个男人，可白毛姨妈说她再不嫁了，她就这么一个人过。我母亲知道，一则是她的白毛妹妹因那头白毛，被说成是克夫，再找一个男人并不容易；二则是她那死去的妹夫，在生前对白毛妹妹很好，白毛妹妹担心再嫁的话，嫁得不好，等于是找个罪受……

但我母亲此刻搂着钻在她怀里的白毛妹妹时，她那种敢为人所不为的胆识，又一次坚定地浮了出来。她决定，只等日本人一走，只等这场劫难一过去，她就将这个可怜的妹妹接出八十里大山，接到老街去，就住到"盛兴斋"，和我们一块过日子！看谁再敢嚼舌头，看谁敢歧视她妹妹！

我白毛姨妈在我母亲怀里藏了很久，她已经好多年没有得到过这样的温暖了。当那只野物窜得不知去向后，已经平静下来的她，仍然不肯离开我母亲的怀抱，她只是眨着那双有着西洋女人一样的蓝眼珠的漂亮眼睛，问我母亲：

"姐，刚才那是只什么野物啊？"

我母亲说：

"大概是只麂子吧。"

白毛姨妈说：

"不是麂子，肯定不是麂子，麂子扑下来没有这么重。"

"那你说是什么？"我母亲摸着她的头，轻轻地梳理着她那满头的白毛。

"不会是你说的那个二爷吧！他变做了一只野物。"白毛姨妈说。

"你还有心思讲这种话！"我母亲在她背上拍了一下。

白毛姨妈得意地笑起来。

白毛姨妈一笑，我母亲赶紧捂住她的嘴。

"嘘，不能说话，不能说话！"

白毛姨妈仍旧俏皮地说了一句：

"姐，是你自己要和我说哩。"

时间，又在沉默中艰难地挪着步子。

就在母亲感到彻底失望的时候，月亮谷口的树枝似乎晃动了一下。

尽管夜色既黑又浓，尽管月亮谷还升腾起了一股雾岚，但那晃动的树枝连白毛姨妈也看见了。

"姐，只怕是他来了！"白毛姨妈用身子碰了碰母亲。

"别动，看他后面是不是有人！"

母亲就是这么的警觉。她把一切可能发生的事都要预想在前面。

来的果然是二爷，他后面并没有其他的人。但母亲还是没有立即迎上去。

二爷进了月亮谷，往四处看了看，没看见我母亲。他一屁股在草地上坐下，长长地叹了一口气。

母亲仍然没有迎出去。

二爷好像用拳头在草地上狠劲地捶了几拳，然后自言自语地念起了我母亲的名字。

二爷念道：

"芝芝啊芝芝，我知道你等了几夜，我知道你等得心烦心躁，你也别怪我，我硬是身不由己呵！我好不容易才跑出来呵！今晚如果你不来，老子到八十里山找你去……"

芝芝这名字也是我母亲争取来的，就如同争取到那双天足一样。当我母亲从一个小姑娘向一个大姑娘过渡时，她突然发现，自己没有个能写到书上的名字。她问我外祖父这是为什么？她为什么只有小名而没有大名？我外祖父说，你出嫁后，不就有大名了么？你夫家姓林，你姓李，你就是林李氏。我母亲当即表示抗议。她的抗议不是争吵，而是迅疾走进我外祖父的房间，找出我外祖父教书的《千字文》《幼学琼林》等书，在那里面就翻起来，翻来翻去喜欢上了这个"芝"字，就走出来，对我外祖父说，从现在开始，我就叫李芝芝。以后谁再喊我的小名，可别怪我不答应啊！

芝芝这名字，当然也只能有为数不多的人知道。我父亲应该知道，可从未听他叫过。二爷是那为数不多的人中的一个，他就叫出来了。

二爷一念着芝芝，我母亲带着白毛姨妈走出来。

二爷一见到我母亲，却不是很惊喜，而是说：

"你来了呵，我还以为你不会来了呢。你知道我这几天在干什么吗？"

我母亲说：

"嘿，这就奇怪了，刚才还有个人在要请我原谅，要我别怪他，怎么一下就反问起我来了？我知道你在干什么啊？算了，这些都不讲了，你快说，我儿子怎么样？"

二爷说：

"他四娘，我他妈的算倒了霉……"

二爷还没说出他到底倒了什么霉，白毛姨妈插进了一句。白毛姨妈说：

"噫，刚才我还听得有个人在念芝芝，怎么芝芝不见了，变成了他四娘，那个芝芝呢？你快喊啊！……"

我母亲立即打断她：

"白毛别插嘴，听他二爷说正事！"

二爷说：

"你知道我在干什么了吗？我被他妈的日本鬼抓了，在干维持会长。"

"维持会长是干什么的？"白毛姨妈问。

"维持会长就是替日本人维持秩序。"二爷说，"他妈的我怕以后别人讲我是汉奸！"

我母亲已经明白二爷为什么一下成了维持会长。她断定这是二爷为了打探到我大姐的下落，以后好搭救而不得不应允下来的差事。我母亲没有问他究竟在维持了些什么，而是说：

"他二爷，现在要是有人拿把刀子架到你脖子上，你怕不怕？"

二爷说：

"我怕条卵哩！能把刀子夺下来，我就要架到他的脖子上；夺不下来，老子人一个，卵一条，脑袋掉了无非就是吃不了饭！"

二爷显见得是窝了一肚子火，当着我母亲和白毛姨妈，每句话都带有粗语。若在平时，他是绝不会在我母亲面前说粗话的。

我母亲当即说：

"好！砍掉脑袋都只有碗大个疤，刀架到脖子上都不怕，那你还怕人家说什么？"

二爷说：

"这可不是说别的什么呀？我的……他四娘，这汉奸是要背一世骂名的啊！就跟那秦桧一样哪！"

我母亲说：

"只要自己站得稳，行得正，是做好事，你怎么光知道《说岳》里面有个秦桧，怎么就不知道还有个王佐。那王佐断臂，为的是什么？为的是陆文龙抗金！"

二爷说：

"那你以后要为我做个证明哪，我是为了救人才当了几天那个什么维持会长的哪，不当不行哪！"

我母亲说：

"维持会长就一定是汉奸吗？嗤！你不维持怎么办？老街没有军队，没有钢枪，维持一下，救一条命算一条命……"

我母亲这么一说，二爷的心情好了一些。

二爷的确是为了我大姐而被日本鬼抓了的，也的确被口头封了个维持会长，只是他这几天什么也没维持，而是天天与死人、与尸体为伴。

老街的生命

中 篇

十四

日本兵在白沙观瀑桥风景区整整埋伏了六天，将国军的一个团全部打死，将在他们设伏区内，和进入设伏区内的老百姓也全部杀害后，大部队直接往南，占领了县城。

留在白沙，进驻老街的是一个小队。队长为大学文科毕业的一个优等生。

这个"优等生"是他自己对二爷说的。

这位文科优等毕业生长相斯文、秀气。他的头脑里不但依然充满着对文化的热爱，而且依然充满着文化的灵气。譬如说，近卫内阁一提出创建大东亚新秩序，他就觉得热血沸腾，毅然投笔从戎（需要补充一句的是，他和他的同学们早就受过严格的军事训练，绝不是像我们有些文章说的那样，诸如这样的下级军官和普通士兵是被迫来侵略中国，也像中国军队抓丁那样抓来的。二爷自然不可能看到这样的文章，二爷如果看到，非破口骂娘不可）；他说这样他可以实地考察，以便进一步地研究大东亚文化；他一来到中国，从繁华之都进入湘西南偏僻之地，就不但亲身体验了取得战斗胜利的愉快，而且获得了屠杀老百姓的快感，从而对文化研究有了更炽热的燃烧的激情。

关于这位大学文科优等毕业生来中国研究大东亚文化，和获得痛杀老百姓的快感、对文化研究有了更炽热的燃烧的激情，也是他自己对二爷说出来的。

二爷刚一见到他时，如果他不是穿着黄军装，足蹬长筒皮靴，撑着指挥刀，不无威风地站在老街一家铺子的八仙桌后，还以为他不是日本人哩。因为他个子不矮。在老街人的心目中，日本人都是矮子。老街的俚语里就有"日本矮子"这个词。

那天二爷偷偷地溜进老街，首先想到的，就是摸清日本兵的司令部到底在哪里？二爷寻思，要想知道我大姐的下落，非得问司令部的人才行。他认为凡属驻扎下来的兵伍，都是有个司令部，都是有个司令的。只有司令身边的人才能晓得所有的事。

那天的老街并没有鸡飞狗跳人心惶惶，因为人都逃光了，能带走的鸡也带走了，没能带走的已被皇军吃了，野狗还是有的，但就连野狗也知道避风头，轻易不进老街，野狗们已经看见过自己的同类穿过老街时，"砰"的一声，被击毙，拖走，成为皇军的美餐了。

二爷见老街还算安静，心里反倒不踏实。他先是从老街后面，绕着菜园子走，想到我家"盛兴斋"铺子的后门去看看，他甚至还萌生出一个希望，要是万一我大姐就在自己家里呢！即使这个希望像肥皂泡那样迅疾破灭，但只要从后门看一下铺子，至少，也可以向我母亲交代出"你家的铺子还是如何如何"之类的话。二爷身上，照样脱不了老街人爱面子的习俗，他既然答应了我母亲，就总得有句话回复。

二爷还没走拢我家铺子的后门，却看到了被刺死在菜园子篱笆上的那七个女人，和一个不成形的婴孩。尸体已经开始发出异味。

看着那在依然如一簇簇红花的朝天红辣椒土里的惨景，二爷的腿再也不能往前挪动了。他倒不是怕死尸，而是想着死了的人连个收尸的都没有，而自己又不能去尽这份义务，如果从死者身旁走过而不顾，他的良心实在无法忍受。

二爷又折回去，想从临江的吊脚楼下走，可一眼看到那扶夷江里，漂浮着的全是尸体。这些尸体已经不单单是穿着黄衣服的，而是各种颜色，各式各样的都有。老街虽说住的大都是汉民，但山里却多是瑶人。

从上游冲下来的国军、汉人、瑶民的尸体，到了老街这段江水平缓处，漂不下去了，尸体在将军墩附近越聚越多，相互挨挤着转着圈儿，使得尸体下面的水泛起旋涡，又托着尸体浮转，扶夷江全被堵塞，江水成了血水。

将军墩亦是老街一景。

将军墩是屹立在靠近江边水中的一座巨型石墩，却不是因石墩酷似将军得名，而是有着一个悠久的传说。传说这老街原本没有街，老街地带也没有人，那一年发大水，洪水滔天，江面的洪峰波涛上，来了一只船，船上有男女人等，眼看着那船只就要被洪峰吞没时，来了一位将军，这将军跃入洪峰波涛之中，一手攥住船只，就往岸边拖，船儿快到岸边时，一个巨浪打来，将军奋力将船儿推上岸，自己则被巨浪吞没。就在将军被吞没之处，长出了一座石墩。那船上的男女人等在岸边生息繁衍，遂有了老街和老街人。老街人说那石墩就是将军的化身，故称为将军墩。

这个传说，和世界神话的诺亚方舟及中国神话的兄妹造人，都有着类似之处，可见老街的历史之悠久。

老街人对将军墩还有一说，那就是不管扶夷江涨多么大的洪水，水涨墩也长，即使老街已被洪水浸淹，即使洪水淹到了铺子堂屋里的神龛子上，也始终无法将将军墩淹没。而在洪水退后，你一眼看去，将军墩却又在老街之下，明显地比老街矮许多。而这一说，又都为老街人证实，即使是经历过几个朝代的老辈人，也从没有见过矮于老街的将军墩被洪水淹没过。

将军墩周围的水，格外清冽，不管发大水时江水如何浑浊，将军墩四周却仍然是清冽如许。仿佛浑浊的江水无法进入其四周，不能不喟之奇。究其原因，应该是将军墩四周有喷泉暗涌，且潜力很大，遂分泾渭。可此时，漂来的尸体却被将军墩挡住，只在水面转着圈儿，随着尸体的蜂拥而来，相互碰撞，相互堵截，老街这段平缓的水面，形成回水，使得尸体漂不下去了。

扶夷江的这幅惨景，后来只要一有人提及，脸都变色。多年后都无人敢下水划澡。天一断黑，过渡的都没有一个。

二爷只得从下街进口处进街。

他顺着铺子、贴着铺门往上街走。他走几步，总要敏感地看看前后，只要一有异样，便好撒腿跑之。他其实也知道，倘若真有异样，跑是难以跑得了的。老街只有前后两个出口，加上横街，可算三处。而横街只能通到江边码头，谁敢往那浮满尸体的河里跑？所以二爷虽然是随时做好跑的准备，但也仅仅只是人在提防危险时的一种本能而已。

二爷就这么着小心翼翼地走过一间铺子，又一间铺子，就在刚刚走到横街，探出个头来时，只听得"卡拉"一声枪栓响，一杆上着刺刀的三八大盖已经对准他的胸口。

原来，日本兵放的是暗哨。

二爷说他当时虽然想着会没命了，可还是不理解，这日本人占了老街，又没有和他们作对的武装，还要放什么暗哨呢？

二爷不知道，这些日本兵的"司令"——进驻老街的文科优等毕业生——皇军小队长，是要将交付给他的老街创建为模范治安区的。他见老街的人全跑了，他那灵泛的脑壳一转，也不去大肆搜捕，而是要来个欲擒故纵。他断定老百姓是藏起来了，藏在一个什么地方呢？不可能进山，因为他们是从山里一路杀过来的。那么肯定就藏在沿江的附近。他很快就把江对岸的山崖划进了他的重点监视区。他要让老街变得平静，变得没有什么事，让老百姓自动地回来，回到他的模范治安区来。所以他在街上也不搞什么巡逻队，而是放出暗哨，他断定有人会进老街来的。

二爷成为了第一个被他的暗哨俘获的人。

当二爷以为自己必死无疑时，那个日本哨兵却哈哈大笑起来。

二爷说，那也是人的笑声吗？那笑声笑得他心里一阵阵地发麻，笑得他浑身起鸡皮疙瘩。他不知道这种笑是立即宣判他的死刑呢，还是仅仅只把他抓起、关起。

日本兵边笑边叽里咕噜地吼些什么，似乎是在骂他。二爷自然听不懂。但后来也琢磨出个意思来了，大致是笑他蠢得死，笑老街人蠢得死，果然落入了他们队长的圈套。日本兵的话里夹杂着许多"八嘎"，二爷猜测大概和中国人"他妈的""混账"差不多。

这个日本哨兵并没杀他，因为那位小队长下了命令，在街上抓住的不准杀。街上没有人，他怎么创建模范治安区呢？这个日本兵也没怎么样他，只是在用手势喝令他老老实实往上街走时，用枪托在他腰上、背上狠狠地砸了几下。二爷说他妈的那几下实在是砸得重，砸得二爷真想返过身去夺枪，但身后枪上的刺刀正抵着他的背，他一返身就会被捅个窟窿。

日本兵押着他进了"司令部"。

二爷见并没当场搠死他，而是押着他进了"司令部"，胆子反而壮了，自己不正是想摸"司令部"的底子么？

"司令部"就设在上街离"盛兴斋"只有几个铺面的铺子里。

进得"司令部"，二爷就看见了这个大学文科优等毕业生。

站在八仙桌后的文科优等毕业生虽然武装得吓人，但还没有押他的日本兵凶。倒是在小队长脚边蹲伏着的一条长相有点怪异的狗，比主人更可恶。一见二爷进来，就呲牙咧嘴要往二爷身上扑，要一口把二爷的脖子咬断。但被小队长制止了。小队长非常慈爱地摸摸狗的脖颈，要它走开，到后面去，它就冲着二爷狂吠几声，很不情愿地爬到铺子后间去了。

小队长指了指八仙桌前面的一个空火箱，示意二爷坐下。但二爷还是站着。他说他不敢坐。二爷心想，你现在倒是要我坐呢，谁知道这一坐下去还能站起来么？

小队长一开口，就让二爷有几分惊讶。他说的竟然是中国话，而且是让二爷能够听得懂的中国话。

小队长开口说的第一句话是：

"喂，你是什么人？"

二爷一听他说的是竟然能让自己听得懂的中国话，不由自主地、条件反射似的反问道：

"你，你是什么人？你怎么会、会说我们中国话？"

二爷这么一反问，小队长不但没生气，反而得意地笑起来。

小队长说：

"我们大日本帝国的军人，会说支那话的多着呢！我从小就受过支那话的训练。我是研究大东亚文化的，大东亚文化的涵义很广，包括许许多多的地域文化，这些，你不明白！我在读书时，从小学到大学，都是学校的优等生、高才生。你明白吗？高才生！"

二爷点点头，说：

"明白。高才生，就是读书成绩最好的学生，头名状元。你们日本国的状元。状元从小就会说中国话，状元是最聪明的。可是，读书得要很多钱啊，考状元的话，光去京城的路费就要好多银子哩！你们家一定很有钱吧？一定是大财老倌吧？！"

小队长听二爷这么一说，觉得挺有趣，也点点头，说：

"对，就是状元。不过我的家庭并不富裕，属于穷人，但我们的穷，不像你们支那的穷，我们大日本帝国是很重视教育的，我们大日本帝国拿你们支那的战争赔款办教育，办学！这真是一件功德无量的事，所以我能上学，而且能上大学……"

二爷不太知晓战争赔款的事，他更不敢多问什么战争赔款的事。小队长则兴趣盎然地继续说着他的状元：

"你一说状元，让我记起了我上小学的事，那是上地理课，我们老师讲支那地理，他展开一幅支那地图，很大很大的支那地图，然后拿出几个又大又红的苹果，老师把苹果切成片，给我们每个学生发一片，要我们吃。吃完后，老师问：'苹果香不香呀？'我们齐声回答：'香！'；'甜不甜呀？'又齐声回答：'甜！'；'好不好吃啊？'当然好吃喽！因为那苹果的确是又香，又甜，很好吃。小孩子不说谎话。'你们知道这苹果是哪里出品的吗？'老师告诉我们，这种苹果是支那烟台出品的，是有名的烟台苹果，要想经常吃到这种有名的苹果，长大后就得去当皇军，到支那去，到烟台去……"

这位文科优等毕业生似乎沉浸到了儿时吃苹果的愉悦中。

"支那就是你们中国，明白吗？"小队长怕眼前这个土里土气的老街人不明白，重重地补充了一句。

这重重地补充的一句，可就让二爷从听着苹果确实好吃的"愉悦"中清醒过来了。二爷不是一般的老街人，他听说过"烟台"这个地名，还知道烟台靠海，可不知道烟台有这么好吃的苹果，他还从没有吃过苹果，也没有见过大海。但是在回答问题时，他和所有的老街人一样，知道讲究个"理"字。

二爷回答说：

"明白了，你们为了吃到中国的苹果，所以从小就立下了志愿，长大后就当皇军，当皇军就来到了中国，可你这位皇军司令到我们这里来干什么呢？我们这里并没有苹果啊！"

二爷本想说"所以你们就扛枪打进了中国……"但话到嘴边还是改了，还是不敢说。二爷知道，有时候人得装蠢，装得蠢点没有坏处。二爷还知道一句文绉绉的话，那就是"守愚不觉世途远"。

二爷称小队长为皇军司令，可能他真的以为这是个司令，没想到这个"司令"的美称大概很符合小队长想当司令的心理，他立即高兴地说：

"不，不，你们这里虽然没有苹果，但你们这个地方很美，山美，水美，是一幅非常美丽的风景图画。可你们支那人太愚蠢，不会利用，不会开发，白白地糟蹋了这么一个美丽的地方。当然喽，这个美丽的地方已经属于我们大日本帝国，今后，在我们大日本皇军的治理下，完全可以开发成为一个旅游区，一个非常非常漂亮，非常非常有特色的旅游区。"

这个小队长的话说准了一半，几十年后，老街真的开发成了一个风景旅游区，不过是老街人自己开发的。来旅游的人很多，其中包括日本人。但这个小队长似乎无缘再来。

二爷听了小队长的话，虽然有在理的话要回答，但还是得装蠢，不能说出来，只能在心中嘀咕。二爷在心中嘀咕的是：老子捅你的娘！什么已经属于大日本帝国，咱老街这块地方还从来没有见过洋鬼子，咱老街这块地方早先是扶夷侯国！日本矮子别想在这儿呆得太久！老子在这里给你个舔胯的算个八字，不出三个月，老老实实滚蛋！

二爷在心中嘀咕的这话是有历史根据的，是上了县志的。扶夷侯国是在西汉武帝时，公元前124年所建，南宋高宗时才改为现在的县名。

小队长虽然自称是研究大东亚文化的高才生，对老街的历史却未必有二爷这个没读过书的清楚。但此时他的谈兴很浓，许是第一次和一个地道的中国土人面对面地"交谈"，他很感兴趣，来了文士的雅趣。他端起摆在八仙桌上的酒，津津有味地喝了一口。

这酒，就是老街的酒。老街所有的铺子里虽然都没有人，但酒还是有的。他喝着不要钱的老街的酒，像要获得地域风情资料一般地问二爷：

"现在你说说，你到底是什么人？"

小队长的意思大概是问二爷到底是汉人还是瑶民，或者是苗子。因为他知道已经进入了有中国少数民族居住的地区。在他们的伏击区域内，杀死的就不光是汉人，还有瑶民和苗子。

二爷回答说：

"我是老街人。"

小队长虽然对二爷的回答不满意，但又觉得这个"土人"回答得也

100

不失水准，便说：

"我知道你是老街人，你们老街的历史上也出过什么英雄没有啊？"

小队长断定这个偏僻的地区是不会有什么像样的人物的，他故意这么问，然后脸上泛着淡淡的嘲笑，等着二爷的回答。

二爷脱口而出，说：

"有啊！当年金兵南侵，岳飞精忠报国，他手下有一员威名赫赫的大将，当先锋，所向无敌；单骑踹金营，金兵闻风丧胆；小商河只身往十万军中冲，要生擒金兀术，可惜雪掩河道，马陷淤泥，被万箭穿身。你知道在他死后，以火焚身，扎进他身上的箭镞有多少吗？"

"多少？"

"足有两升！"

"箭镞足有两升？！"小队长不能不为之惊叹了，但他旋即问道，"杨再兴是你们老街人？"

这回，是二爷不无得意地点了点头。

"是你们正宗的老街人？"

二爷回答说：

"正宗不正宗的我搞不清，反正就是我们这地方的人。"

"是汉人还是瑶人？"小队长继续追问。

"瑶人！"二爷如实回答。

"哈哈哈哈！"小队长大笑起来。笑得二爷莫名其妙。

小队长笑够后，说：

"我就知道不会是你们老街的汉人！是瑶人这还差不多。你们中国有个奇怪的文化现象，正统的汉人，懦夫特多，倒是少数民族，强悍的不少。这些少数民族受你们汉人的欺负，所以他们还有那么一些反抗精神……"

小队长还没说完，二爷有点不服气了，他说：

"可杨再兴的先祖,杨老令公,金刀杨业,还有杨六郎,杨文广,杨家将都是汉人!杨再兴也是汉人的后裔!"

"那么,你说说杨再兴怎么又成了瑶人了呢?杨再兴是瑶人,这可是你这个老街人亲口说的呵!"小队长产生了浓厚的兴趣。

于是二爷便说了他听来的有关杨再兴的身世故事。二爷说的故事大致是这样的:

当年宋太宗兵发幽州,要夺回被儿皇帝石敬瑭割让给辽国的幽云十六州,结果兵败高粱河,正当辽国大将耶律斜轸要生擒宋太宗时,金刀令公杨业到了,他横刀救主,使得宋太宗逃脱。耶律斜轸深恨杨业,不久便亲率十万辽兵直扑雁门关,却又被杨令公率百骑趁夜偷袭,大败而归。耶律斜轸顿足长叹:又是这个杨业杨老令公杨无敌!

宋太宗为雪高粱河之耻,第二次兵发幽州,结果使得杨家父子血洒陈家谷,对手便是耶律斜轸。杨家将和耶律氏成为世代仇敌。杨令公的孙子杨文广临终留下遗言:勿忘高粱河之耻!杨文广的后裔杨执轩独闯幽州,在高粱河边遇见一个也在凭吊先人的少女,这个少女却是耶律氏的后裔耶律银花。当辽兵来搜捕杨执轩时,耶律银花救了杨执轩。其时辽国发生内乱,辽兵将耶律银花一家满门抄斩,并派铁骑来捉拿耶律银花。杨执轩和耶律银花并肩杀出重围,两个仇家的后裔产生了恋情。两人决定逃离是非之地,因为中原也不能容忍一个辽女。正当两人商量到底去哪里时,耶律银花忽然说:"听说大宋的南方也有很多地方住着的不全是汉人,只有到南方去。"杨执轩觉得这话也对。可是去南方什么地方呢?杨执轩想到了扶夷侯国。一听说有个"夷"字,耶律银花觉得那是最合适的地方。

他俩来到新宁后,耶律银花见当地有不少瑶人,遂说自己是瑶族人。因她本来就是少数民族,故能和瑶族迅速地融合成了一体。

耶律银花对丈夫既温柔体贴,又能吃苦,而且天性豪爽,对邻里大方和睦,深得邻里赞扬。杨执轩却因思乡忧国,加之水土不服,染上痼疾。

杨执轩死时，耶律银花已身怀有孕，生下一男孩，这就是杨再兴。杨再兴遂成了瑶族。

二爷说的这个故事，我觉得也很有道理。县志载杨再兴自幼习武，弓法神奇。他一生下来父亲就去世了，那么他的武艺，他的弓法，是跟谁学的呢？就是跟着母亲耶律银花学的。他又参加过农民起义，和朝廷对抗，这种叛逆性格，明显的有着母亲耶律银花的遗传。当面对着金兵南侵的民族危机，他又以国家为重，毅然投入岳飞的抗金队伍，并且以死殉国，尚只有三十五岁。杨家将爱国的血脉在他身上流传。他胆量过人，在小商河以三百兵卒面对金兀术十万大军，他大喝一声就往金军冲去，欲生擒金兀术，一人杀敌数百名，最后被乱箭穿身时犹高呼杀贼。他的身上明显地有着杨家将和少数民族的特征。

小队长听了二爷讲的故事后，说出来的却是这么一番话：

"杨再兴已经没有了，早就不存在了。你们老街人的身上，连杨再兴的影子都看不见了！现在我问你，你是老街的纯种还是瑶汉，或是苗汉杂交种？如果你们老街有很多杂交种，那么你们应该很剽悍，可是你们这里的人都很懦弱，没有人和我们大日本皇军对抗！你们只知道逃跑，别的什么都不会。你们这样的民族是不行的，只能被淘汰。淘汰，就是不存在。这是自然规律，你懂不懂？"

二爷心里气得骂娘，他想说，你他妈的别拿枪，就和我在这铺子里交手啰，看谁能让谁不存在！但他依然得装蠢。

二爷说：

"淘汰不淘汰的我不懂，但我们祖祖辈辈在这里几千年了，就是这么存在。这也是你说的那个什么规律，没有人能让我们不存在！"

小队长又哈哈大笑起来，说：

"我现在就可以让你不存在！"

小队长霍地抽出指挥刀，刀尖戳向二爷的胸口。

二爷因为说了杨家将和杨再兴的故事，豪气不能不来了几分，他想着反正豁出去了，便也哈哈大笑。

二爷一笑，小队长反而把刀收回去了。他说：

"你笑什么？"

二爷说：

"你笑我也跟着笑哩。"

小队长说：

"什么？我笑你就跟着笑？"

二爷说：

"是的，你笑我就跟着笑；你要是哭，我也就只能跟着哭了。"

小队长说：

"你这到底是什么意思？是不是表示顺从我们大日本皇军的意思？"

二爷说：

"就跟那笑和哭一样，你说是什么意思我就是什么意思哩！"

小队长总觉得这话有点不是意思，便说：

"你不怕我杀了你？！"

二爷说：

"你要杀我早就杀了，也不会等到这个时候。再说了，你要杀我，不会要士兵杀啊？还有劳你司令亲自动手？"

小队长说：

"你这话说得有理，可是你还得回答我，你们老街到底能不能存在，是不是取决于我？！"

二爷说：

"自古以来，老街就在这个地方，你又不能将它搬走，它有什么存在不存在的。无所谓存在，也无所谓不存在。"

小队长感觉到二爷这话有点玄，他似乎噎了一下，随即说：

"我杀了你,你就看不见它的存在了!"

二爷说:

"我看不见了,可你能看见哪!你能看见它,它就还是存在哪!"

小队长又喝了一口老街那不要钱的酒,大概是想斟酌出一句什么话来。他也许没想到,他面对的一个"土人",口才并不比他差。

小队长毕竟是有修养的,他喝完酒后,说:

"你这个老街人很会说话,那么,你告诉我,你这个老街人平常都干些什么?"

二爷说:

"老街人就是在自己的老街开铺子。"

二爷在这里其实说了谎,他根本就没开过铺子。他是开不起铺子。但他得为老街人争点面子。

小队长说:

"除了开铺子就不干别的什么吗?"

二爷说:

"老街开铺子和别的地方又不同,除了开铺子,捎带种点田,养些猪,种些菜,还纺纱织布,吃的用的穿的自己都有,所以老街人不去别的什么地方,一年到头只呆在自己的老街。"

小队长觉得二爷的这个回答,有那么一点不是味道,但又找不出岔子,便问道:

"你读过书吗?"

二爷说读过两年私塾。

一听说二爷读过私塾,小队长便说:

"你们的私塾我知道,最落后的一种教育方法,光知道教学生认几个汉字,数学的,科学的根本不知道。我说的对不对?"

二爷说:

105

"对。我们确实不知道什么数学，什么科学，不过我们会打算盘，会挂数，会记账。司令你知道，开铺子不会打算盘，不会挂数，不会记账不行。谁拿了我们铺子的什么，谁欠了我们铺子的什么，我们都记在账上的，都有账可查。到时候不怕他不认账。"

小队长听着二爷这话实在不顺耳，也顾不得那修养了，突然变了脸色，指着二爷说：

"你说谎！你根本就不是开铺子的。我一看就知道！"

二爷说：

"司令好眼力，怎么就知道我不是开铺子的？"

小队长说：

"你的铺子是哪一家？叫什么名号？"

二爷说卖了，那铺子已经不是我的了。

"为什么要卖？是不是因为我们来了？"

二爷赶紧说不是，不是，早就卖了，卖好几年了。

"卖了铺子你吃什么？"

二爷说感谢司令的关心，我吃卖铺子的钱。

"吃光了怎么办？"小队长开始一句紧逼一句。

二爷说不会吃光的，我悠着吃，每天只吃两餐，每餐只吃些小菜。

"悠着吃是什么意思？"

二爷说悠着吃就是省着吃，但比省着吃又有那么点不同。省着吃是每餐只吃一点点，没吃饱也只好作罢；悠着吃虽然也是每餐只吃那么一点点，但吃得痛快，吃得舒服，能吃饱。譬如说同样是吃小菜，省着吃就只能放一点点油，而悠着吃就可以放很多的油。这小菜的油一放得多，味道就不一样……

小队长听二爷说一个悠着吃就说出这么多道道来，不禁又来了些兴趣。其时这个"悠"字的用法恐怕还只有老街的人这么使用，足可见老

106

街人尽管愚顽，但口语词汇的丰富却领时代潮流之先。对大东亚文化颇有研究的小队长遂又问道：

"你说的小菜就是蔬菜？"

二爷说：

"司令又说对了。小菜就是蔬菜，但又和蔬菜有所不同。蔬菜是别人种的，想吃的人可以拿钱去买；小菜是自己种的，不要钱，只要愿意卖给人家，还能换回钱来。所以我悠着每天只吃两餐小菜，那卖铺子的钱就够吃一辈子的了。"

"你想不想把卖掉的铺子要回来？"小队长就着二爷的话，开始转换话题。

二爷说：

"想是想要，但不能要，卖出去的得讲信用。得重新拿钱去买。"

小队长点了点头，说他良心不坏。接着又说道：

"我们大日本皇军想把你卖掉的铺子重新要回来给你，你要不要？"

二爷回答说：

"司令给的更不能要，无功不受禄嘛。"

二爷说他这句"无功不受禄"的话不知怎么地就从口里溜了出来，怪只怪老街人平素爱说这句话，爱用这句话来表示不受嗟来之食的"礼性"，结果让文科高才生抓了个把柄。小队长立即说你给我们干事，为大日本皇军立功，立了功，铺子作为给你的奖励。

二爷赶紧说自己早先除了开铺子，卖掉铺子后除了悠着吃小菜，什么事也不会做，不敢要奖励。

小队长狰狞地笑了起来，说二爷狡猾狡猾的，想不给皇军干事已经是不可能了的。他说二爷虽然也属于劣等民族，但在这个老街还是属于能干的，况且还读过书。小队长说皇军不会亏待你的，老街的维持会长就是你的了。

"维持会长！知道吗？这儿的老百姓统统都得听你的，你听大日本皇军的！大日本皇军要你干什么，你就要老百姓去干什么！老百姓如果不听你的，由皇军来处置！死啦死啦的！"

二爷这下呆了、愣了。

小队长又说：

"你虽然狡猾狡猾的，但想开溜是不行的！"

二爷也知道想开溜是不行了的。这个想法一固定下来后，他心里反而又安稳了，那"呆和愣"也就随之消失。他的脑袋又转了起来。他的脑袋重新转动起来的第一个想法是，这个会说中国话的司令，怎么越说到后面，那话里面的"的"字就越多起来了呢？

大概是为了让二爷更加明确地知道"开溜是不行的"，或者是要换一种"谈话"的方式，亦或是要在二爷面前宽容和威严并用，小队长喝下一大口老街的酒，一屁股坐到板凳上（老街的铺子里一般都只有板凳和火箱、火柜），挥了一下手，走拢来一个持枪的士兵，小队长用日本话对士兵咕噜了几句，这个士兵便端着上有刺刀的枪，比划着说了起来，小队长亲自来当翻译。

小队长似乎并没有因为二爷是个老街土人而鄙视他，而是同样用着只有在重大的外交场合才使用的手势，要二爷听好了。小队长先对二爷说：

"我的士兵讲一句，我就给你翻译一句，你的不要害怕，你已经是我们的维持会长了。"

二爷点着头说：

"我不害怕，不害怕，司令你只管那个什么翻音（译）。"

二爷嘴上是这么说着，心里其实又在骂娘，他骂的是：我捅你妈的日本矮子，老子二爷也曾被土匪抓过，土匪那些吓人的玩意你二爷也见过，你二爷还怕你什么翻音！

二爷之所以又在心里骂起了日本矮子，是因为那个端着上有刺刀的长枪、在叽里咕噜比划着的日本兵，实在是个矮子。

可二爷没想到，他这条没有被土匪吓人的玩意吓倒过的汉子，听着听着这位日本国文科高才生的翻音，竟然真的害怕得浑身打起颤来。

小队长开始翻音了：

"前几天，就在离你们老街并不远的山里，就是在那个名叫观瀑桥的一带，那个有着很美丽的名字，也有着很美丽的风光的地区，在我们大日本皇军设下的天罗地网的伏击圈里，我们把你们的中国军人统统地消灭后，那些不听话的老百姓，不，刁民，竟然想趁乱逃跑。"

二爷听着这话不像是小队长的翻音，而是小队长自己的话，只有他这个高才生才能说出这么多美丽的字眼来。可二爷又想，如果真是那个端着上了刺刀的枪的日本矮子说的，那个日本矮子便也是个读书人。他妈的这些读书人怎么尽是些凶煞恶鬼呢？

"是想逃跑，开溜！"小队长对二爷重复一句。

"我们大日本皇军对付这些刁民的办法是：将他们一串一串的用绳子捆绑手足，联成一线；首先是我们皇军动手捆，做个样子给他们看，让他们知道应当是这样捆，而不是那样捆。你们这里的人都很蠢，告诉他们捆也不会捆。但是不会捆也得学着捆。后来就命令会捆了的人自己捆，相互捆，捆绑好连成一线后，我们大日本皇军用刺刀依序而刺，相当于练习拼刺，先将前面的刺倒，再刺后面的，以一刀能刺穿两人者为胜！喏，就是这样刺的！"

那个端枪的日本兵吼一声，照着二爷来了个弓步直刺。

二爷心里"咯噔"一下，他虽然断定这个日本矮子不会真的要刺死他，但怕的是他那枪失手，收不回去，而自己如果躲的话，又太无老街男人的气势。他正不知是该躲还是不躲时，那日本兵的刺刀已经收了回去。

收回枪的日本兵连气都不喘一下，又开始他的讲述。

小队长喝一杯酒，继续翻音：

"在刺杀这些连成一线的刁民时，出了一些笑话，前面的两个刚被刺倒，后面的便都倒了下去。这是因为他们的手足都被捆绑着的，前面的被刺倒，后面的就站不稳，统统的被带倒了。"

拿枪的日本兵做了个歪歪倒倒站不稳的样子，小队长哈哈大笑起来。

"刁民太多，太多了，练习拼刺消耗了皇军很多的体力，为了节省体力和时间，指挥官下令用机枪扫射。"

小队长又对二爷补充说：

"你不会以为用机枪扫射是浪费子弹吧？不会的。那些枪，那些子弹，都是我们大日本皇军从你们中国军人那里缴获来的，我们大日本皇军对你们中国的武器不放心，正好借此机会试一试那些枪，那些子弹，是不是还有用。"

"哒哒哒哒……哒哒哒哒……"拿枪的日本兵做着机枪扫射的动作。

"一片一片的人，就那么完蛋喽！"

"但是，还真有没被你们中国的子弹打死的。我们大日本皇军做事认真，不像你们支那人那样马虎，不负责任。我们的皇军，将那些没死的，把衣服统统地剥光，统统地再捆一次，捆到树干上，用湿布蒙住鼻子，再拿刁民家里用的那种砂罐，是那种带把的，有嘴的，装满水的，把水灌进他们的嘴里，把他们的肚子灌满水，灌得胀鼓鼓的，然后一刀将绳子砍断，他们就统统地倒在地上，大日本皇军双脚往他们的肚子上一跳，那水，便从他们的口里、屁股里，往外直射……"

这位日本国文科高才生的翻音还没完，二爷已经浑身打颤，哇地一声，干呕了起来。

"哈哈，哈哈，你害怕了吧！这就是逃跑、开溜的下场！也是劣等民族应有的下场！不多消灭一些劣等民族，我们的大东亚新秩序怎么建立？"小队长又筛满一杯酒，一口喝干，将杯底朝二爷一亮：

"这样的事，对于劣等民族来说，也许一时难以接受，但事实会让他们接受，这就是优胜劣汰！我们优胜者看着劣等的被淘汰，得到的是一种快感，一种难以形容的快感，这种快感，不亲历其中，是体会不到的；这对于我的大东亚文化研究，更是最好的资料，那些劣等人在死亡面前表现出来的种种丑态，在优胜者眼里，是一种美的旋律……"

这位文科高才生突然打住，他觉得跟二爷说这些，无异于对牛弹琴，二爷是不会懂的。他没有兴趣说了，转而回到要二爷当维持会长的话题。

小队长说：

"对于听我们大日本皇军话的维持会长，我们是不会为难他的。现在，你就谈谈你的打算吧？"

"什，什么打算？"二爷还没从小队长说的那些可怕的恶行中清醒过来。

小队长说：

"什么打算？你这个人工作的计划性的没有，惰性，惰性，这就是你们这个民族的惰性！说说怎么样开展你的维持工作吧。"

二爷仍在想着文科高才生的翻音。他知道，这个"司令"故意把这些事说给他听，绝不会仅仅是吓唬他，而是把他也给开在枪毙的名单上了。不过暂时还不会杀，暂时还得利用他做事，等到事情做得差不多了，再杀！这个"司令"会让听见他亲自讲述大日本皇军这么多罪行的人活着吗？

二爷仍在想着时，小队长有点不耐烦了。

小队长吼了起来：

"喂，你的，听见了吗？"

拿枪的日本兵立即把枪举了起来，对准二爷。

二爷忙说：

"我这不正是在想着嘛。"

小队长说：

"那你说，你的第一步打算，什么的干活？"

二爷又发现，这个文科高才生一发火时，那"的"字也就在话里面出现得多。二爷忙说：

"司令，你看这样行不行，我先去把铺子后面菜园子里的尸体给埋了，那些尸体离司令部太近，再不埋掉，就会腐烂，司令闻了那气味，影响身体……"

二爷心想，我是去埋被日本鬼杀死的人，这总不是替日本鬼干事，应该和那个维持会长毫无干系。

"哟西。"

这回小队长说的是日语。但二爷见他点了点头，便猜着是同意了。

二爷转身就往外走。小队长却喝道：

"站住！你到哪去？"

二爷说：

"我去埋尸体啊！"

小队长说：

"就你一个人？"

二爷说：

"现在没有人哪！只有我一个人哪！"

小队长说：

"你去找人，找了人来，你指挥就行。"

二爷说：

"人都跑光了，这一会半会的，我到哪里去找？你得让我一件一件地干哪！我干完一件算一件哪。"

小队长说：

"这些人都跑到哪里去了，你应该知道！"

二爷说：

"天地良心，我实在是不知道。中国有句俗话，'夫妻本是同林鸟，大难来时各自飞'，就连夫妻都是这样，街坊邻居就更不要说了，他们去哪里，根本就不会告诉我。"

小队长说：

"你说什么？大难来了……"

二爷说：

"打个比方，打个比方而已。"

小队长说：

"那你的老婆呢？她到哪里去了？你的儿女呢？他们又到哪里去了？"

二爷说：

"我没有老婆，所以也没有儿女，我是光杆一条。"

听说二爷没有老婆，小队长反而笑了，说：

"你连老婆都没有，足可见你很不讨女人喜欢。你知道吗，我的太太非常漂亮，非常温柔。我们大日本国的女人都非常漂亮，非常温柔。我在上大学时，我太太就爱上了我。我们相互爱得，用你们中国话来说，真正的如胶似漆。我们一同去踏樱花，一同上神庙，我们互相祈祷，祝福对方幸福、快乐。我们在冬天，一起去洗温泉。我们爬上积雪的高山，那儿的空气新鲜得像经过过滤……我太太在温泉一出现，漂亮得让那些艺妓都嫉妒。在那雪花漫天飞舞的山上，我们泡在温泉里，那种舒服，那种感觉……"

小队长似乎沉浸到了那种舒服，那种感觉之中，但他旋即说：

"这些，跟你说没用。你不明白！"

二爷说：

"我明白，司令有个好太太，好太太，太太是个又漂亮又温柔的女人，我知道了。那我就走了，埋我们老街女人的尸体去了。"

小队长又被二爷的话噎了一下，他猛地说道：

"那些逃跑的老百姓，我会找到的，我知道他们藏在哪里！他们统统逃不出我的手心！"

小队长吩咐一个日本兵跟着二爷。小队长对二爷说：

"你想开溜是不行的！这位大日本皇军英勇的士兵，是才得过嘉奖的，他在山里，每一刺刀，都能刺穿两个刁民；你们这菜园子里的战绩，也是他的！"

二爷从被日本人刺死的女人的铺子里，找出一把锄头，一担箢箕，往菜园子里走去。那个以每一刺刀都能刺穿两个百姓而得过嘉奖、并伙同他的同伴在菜园子里刺死七个女人，从一个被刺死的孕妇肚子里掏出婴儿，抛向空中，再用刺刀接住的日本兵，端着枪在后面跟着。

二爷一路走一路想，那个日本"司令"说他知道街上的人藏在哪里，到底是真话还是诈人的话呢？如果他真的知道了神仙岩，那就真的不得了！二爷抱定一个信念，他妈的老子就是死，那神仙岩也是说不得的，一说出来，老子就真成汉奸了！二爷又反思自己，我现在这样是不是汉奸呢？

对于汉奸这个概念，老街尽管到目前为止，还没有出过一个洋学生，就连中学生也没有出过一个，从没有人给他们灌输过什么是爱国，什么是卖国，什么是汉奸，但老街人从老辈人讲的白话中，从大戏台上看到的戏文中，从野书中见过的故事中，对秦桧之流是深恶痛绝的，秦桧那就是汉奸，就是卖国；岳飞、杨再兴、关圣帝关羽那就是忠良。

二爷想，我这是去给被日本人杀死的无辜掩埋尸体，我这不是汉奸。日本人虽然给我封了口头的维持会长，但我只要维持到老百姓不被杀害，就不是汉奸。我这就是那关羽，身在曹营心在汉！

二爷想是这么想，可还是五心不定，要是万一，万一被人家说成你是在为日本人干事呢？浑身是嘴也说不清。自己虽然是单身一人，但今后总还要娶个女人，生崽生女的，自己要是给崽女带来个汉奸的名声，连祖宗都不会饶恕。

老街人讲究的可是个清白呵！

二爷决定，把我母亲托付给他的事，也就是把我大姐的下落弄清楚后，就跑他娘的。

二爷一进菜园子，菜园子的土早已被七个女人的鲜血染得通红，且结成了硬块。那些硬块均呈沟垄条状，明显地看得出是被鲜血冲成的。那个跟着他的日本兵，一见鲜血凝成的菜土，竟有些战战兢兢地往后退，仿佛怕再看见那些被他亲手刺死了的女人，仿佛怕看着二爷埋那些被他亲手刺死的人。

二爷说他当时觉得奇怪，这么一个杀人不眨眼的恶鬼，怎么也会害怕被他杀死的女人们呢？

二爷说，这个恶鬼当时的举止虽然使他不可理解，但这个恶鬼和他的同伴，之所以一见到菜园子里在摘辣椒的女人们，既不问话，也不先行强奸，而是举枪便刺，全部刺死的原因，他倒是想到了一点，那就是他们刚刚得到过每一刺刀都能刺穿两个百姓的嘉奖。

至于这个杀人不眨眼的日本兵，为什么会害怕再看见他亲手杀死的女人们，我长大后，在一本写专门负责处死犹太人的德国纳粹头子的书里，算是得到了一些解答，这个纳粹头子亲自下令将几十万、几百万的犹太人投进毒气室里，投进焚尸炉里，可是当他亲手去朝几十个犹太人开枪时，他在开完枪后，却害怕得将枪丢到地上，双手捂着脸，跑了。

如果说他们也还是些人的话，那么，这就是人的难以理喻处。

二爷说，在这个看押他的日本兵有点战战兢兢地往后退时，他如果趁机逃跑，这个日本兵肯定立时就会让那发颤的手镇定，稳稳地瞄准他，"嘎嘣"一枪，打他个透心穿。我觉得二爷这个判断非常正确。这个日本兵也许见了被他亲手杀死的女人们的尸体，手有些发颤，但再杀死一个活人，是绝不会发颤的！

进了菜园子的二爷，也不敢看着那七个惨死的女人，更不敢去看那个未成形的婴儿，他背对着死者，稳了稳心，使劲地一锄头挖下去，为这些惨死的女人挖起坑来。

园子里一簇簇如红花般的朝天红辣椒，在二爷的锄头下倒了下去，红辣椒散落在土里，又像凝固的鲜血。

二爷在菜园子里挖了一个很大的坑，当他不能不去拖那些女人的尸体，不能不面对着那些女人的尸体时，他脱下衣服，蒙住了自己的双眼。

蒙住双眼的二爷摸索着，把七个女人和那个未成形的婴儿放进了土坑。他一边放时一边念着：这是没办法啊，你们家没有人来啊，你们家的人也不能来啊，衣服没给你们换一件，棺木也没有一口啊，只有等到那些畜生走了后，再重新为你们安葬啊，你们若能冤魂不散，就去缠住那些畜生，缠死他们，缠死他们……

后来这七个女人和未成形的婴儿被转葬到了山上，但这个菜园子里的菜却长得格外茂盛，特别是结的辣椒，几乎都不像本地辣椒，那辣椒又大又红，只是老街人没有一个人敢吃。尽管这个园子已经没有主人，但无人去占用，善良的老街人且不将这些他们不敢吃的菜挑出去卖给别人，而是每年就让这些菜在菜园子里烂掉，然后再栽……

当二爷一把扯下蒙住眼睛的衣服时，他看见一头水牛，发疯般地朝菜园子冲来。这头水牛不知是从哪里跑出来的，它的确已经疯了，二爷看得清它那两只变得通红的牛眼睛。水牛低着头，硬着脖子，撒开四蹄，逢沟过沟，逢坎越坎，遇见什么踩什么，有什么敢拦住它的去路，它就用那尖锐的牛角顶开、戳穿。二爷眼见得水牛直奔他而来，叫声不好，忙往旁边躲。二爷是知道疯水牛的厉害的。这时端着枪监视着他的日本兵哈哈地笑了，还咕噜着什么，大概是要水牛快去顶，快去踩，将二爷顶死、踩死，那才有味。可朝着二爷冲来的水牛却突然转了向，对着拿枪的日本兵直撞过去。

刚刚还在得意地笑着的日本兵措手不及，那水牛冲得是那样急，那样凶，他就算想往旁边躲闪都已经不可能了。

这一下，是二爷得意地笑了。他简直都以为这头疯了的水牛，是那些惨死的冤魂召唤来的，是来替冤魂报仇的。

然而，就在疯了的水牛要以它那两只尖锐的牛角，将这个日本兵当胸刺穿，而后挑起，甩到地上，再踩在牛蹄下之际，日本兵手里的枪响了。

子弹的速度，比疯了的水牛更快。

随着枪响，水牛倒在了地上。

二爷的脸色变了。

二爷没想到，眼看着就要为他出一口怨气的疯了的水牛，依然倒在了日本兵的枪下。

疯了的水牛仍在抽搐，它也许想重新站起来，再向它的敌人发起进攻。但它无论如何也站不起来了。

日本兵则一边骂着"八嘎"，一边举起上了刺刀的枪，朝着倒在地上的水牛猛刺。

二爷瞧着日本兵只管用刺刀戳牛，打算趁机开溜。他往菜园子的篱笆靠拢，正打算越过篱笆而逃时，那个日本兵叽哩哇啦地喊他了。

二爷以为他已经发现自己想逃，忙弯下腰，装作是要将灌进鞋子里的泥土倒掉。日本兵却是要他去扛牛，将打死的牛扛回"司令部"去。

好容易弄懂了日本兵的意思，二爷又只能骂娘了。那么大的一头水牛，一个人能扛得动吗？

二爷打着手势，说明一个人是扛不动的，需要有人来抬，至少也得两个人抬。二爷要那个日本兵来跟他抬。二爷又想到了自认为不错的一招，只要你个鬼子来和我抬，我要你走前面，我走后面，我就冷不丁地抢了你的枪，将你打死，然后再逃。

然而，二爷想的这一招又无从实现。他在努力地让这个日本兵明白他的意思，好找绳子、杠子来抬牛时，又来了几个日本兵，见着死了的牛，高兴得不行，意思是有牛肉吃了，牛肉营养丰富。

二爷听不懂，只能一个劲地打手势，说必须得抬。来了的日本兵却既不要他扛，也不需要抬，而是拔出刀子，就在原地将牛开膛破肚，大卸开了。

……

这天晚上，二爷就被小队长安排在"司令部"堂屋里的地上睡着，他还怎么去月亮谷呢？长了翅膀都飞不去。

这家铺子的堂屋地面，和老街所有铺子的堂屋地面一样，是用"三合土"，即石灰、沙子、泥土混搅构筑的，很凉。二爷将上衣脱光，把上衣当作枕头，睡在地上，想着第二天不知又会发生些什么事，根本就察觉不到地上的凉意，反而只觉得浑身燥热难当。他又想起了自己说的杨再兴的故事，那杨再兴是何等的英雄，可自己呢，成了这么一个窝囊废！唉，唉，他只能唉声叹气……早上起来，那"三合土"竟被他辗转出了一片凹痕。

小队长没让二爷去"司令部"的"伙房"吃早饭，那"伙房"其实就是铺子天井后面的厨房。老街铺子里的厨房都很大，是和后门连成一体的，足以容纳几十个人吃饭。二爷自己提出去后面吃些剩饭，他是想弄清这个"司令"到底带了多少兵。二爷装作殷勤地说，他吃些剩饭剩菜后，顺便就可以把碗筷锅盆全给洗了。二爷想着一数那些碗筷，不就全清楚了吗？可小队长似乎防着他这一手，不让他去。而是叫人给他装了一碗饭，让他在铺子外面的街上吃。街面的拐角处有日本兵的暗哨，悄悄地盯着他。

小队长叫人给他装的这碗饭，没有菜，只是在饭上撒了一点盐。不知是装饭的日本兵忘了给他夹菜呢，还是小队长故意这么安排的。二爷早已饿极，若在平时，尽管是没有菜的饭，但只要有点盐味，他几口就会将一大碗饭扒光。但此时他竭力忍着，装作吃不进的样子，慢慢地，将饭一粒一粒地往口里送。

二爷是在尖着耳朵，想听清"伙房"里的动静，以便判断出到底有多少日本兵吃饭。只要弄清了吃饭的兵数，再加上几个在外面放哨的，这个"司令"的家底就出来了。但隔得太远，很难听清。倒是"伙房"里炖牛肉的香味，浓浓地飘了出来。

二爷无法凭听力弄清"伙房"里吃饭的日本人数，他便想，要让这些畜生吃酒就好了。一吃酒，肯定会喧闹。一喧闹，就能估摸个八九不离十了。可那位文科高才生小队长似乎治军很严，他只自己喝酒，不让他的士兵喝。

小队长酒足饭饱后，把二爷喊了进去。

小队长打着饱嗝，喷着酒气，说：

"你昨天的劳作很好，清理了卫生，今天你去那河里劳作，也清理卫生。否则影响我这模范区的建设。"

二爷心里既骂娘，又叫苦。骂的是这个自称读书是高才生的畜生，将那么多被他们杀害的人，那么多血淋淋的尸体掩埋，他可以美其名是清理卫生；叫苦的是，那一河的尸体，都能捞得上来吗？都能埋得了吗？如果让那些尸体往下游漂去，他又实在于心不忍。二爷便说：

"司令你是个读书人，而且是个读书状元，无论什么事情，读书人只要看一眼，就知道它的分量。那么一条大河，你要我怎么弄呢？"

不知道是这天早上的酒没喝好，还是日本兵对这位"司令"只顾自己喝酒，不让他们喝酒，有了那么一些意见，总之这位小队长根本就没被二爷说他是读书人的话而说得高兴，回答的却是：

"我的，命令你的去干！我的，别的不管！我的，只要河道的清洁！"

小队长话里的"的"又多起来了。

小队长话里的"的"一多，二爷知道他发火了。但二爷不可能知道的是，这位小队长发火的真正原因是：他没想到丢进河里的尸体，恰好在他要治理的模范区域内，把河道给堵塞了。而当初提出把尸体统统滚进河里的建议，正是他提出来的。他说这样更加能扬皇军的威名，以震慑这不开发之地的劣民。况且这又不费皇军的吹灰之力：由劣民将国军的尸体从山上往河里滚，再由一部分劣民将那些被杀死的劣民往河里滚，最后再把滚尸体的劣民统统枪毙。他说他在研究大东亚文化时，知道中国的山乡有一种放排的运作，将山上砍伐的树木往河里滚，再把滚到河里的树木扎成排……这让中国人滚中国人的尸体，一定比放排更有趣味……

但二爷还是顶着他的火说：

"我一个人干不了！你把我杀了，我一个人也干不了！"

小队长的手按在了指挥刀的刀鞘上，说：

"你的，敢违抗？！我要你跟那些劣民一样，死啦死啦的！"

小队长说到劣民，反而使二爷猛然想起了一件事，便又喊起"司令"来。二爷说：

"司令，你不是已经知道老百姓藏在哪里了吗，你喊些人回来啊，要他们给我帮忙啊！我这总是合情合理的话吧。"

二爷想试探他到底知不知道老百姓藏在哪里。

小队长说：

"你不要啰嗦，我现在给你十个人，两天之内全部干完！"

小队长话里的"的"没了，大概是觉得二爷的话还是不无道理，将那火又收了些回去。

二爷以为是派给他十个日本兵，心里又叫苦时，小队长又说：

"两天之内如果没干完，每延误一个小时，你那些人就跳一个到江里去，不准上来！"

二爷这才明白，又有一些人被抓了。

二爷无奈，只得领着十个乡民，找来一些长竹竿，将长竹竿尖头套上一个扎木排用的扎勾，到了江边。

江边原来的渡船，早已不知了去向。逃难的人们没忘记将渡船藏匿，这样他们在神仙岩里就躲得更加安心。可他们忘记了，满街铺子的铺门，全可当作渡河工具，而即使日本人不会划船，更不会划铺门板，别的地方也能过江。

看着那满江浮着的死尸，乡民们一个个胆战心惊。

二爷将带来的几支香点燃，插在江边，面朝江水，对着将军墩，双膝一弯，扑地跪下。

一个日本兵走拢来，吆喝着，大概是问他这是干什么？

二爷说：

"这是我们老街的规矩，凡是从江里捞尸，都必须跪拜焚香，不然的话，死人的魂要附到身上作祟的哩！"

其实老街并无这规矩，但二爷明白，这么多的尸体，要在两天之内处理完毕，根本是不可能的，只有让尸体往下游漂去，将河道疏通这一个办法了。但这是对死者极大的不尊啊，二爷只有烧香跪拜，乞求死者原谅了。

二爷当时不可能想到，让这些尸体往下游漂去，反而能让更多的人知道日本人的暴行。但二爷即使想到了这一点，凭他的良心，凭老街人的本性，他也不会让尸体再往下漂了的。他是实在没有法子了，两天之内如果不处理完，他和这十个乡民就都会被扔进这江里，与死尸做伴了。

日本兵根本就听不懂二爷的话，凶狠狠地要将香踢掉；二爷豁出去了，也不管这个日本兵听不听得懂，争了起来。二爷一边争一边做着手势，说这是经过你们司令同意了的，你们司令都说了，我干事时你们不得干涉……

小队长其实没说过类似的话，日本兵也没听懂他的意思，但那模拟着"司令"样子的动作起了作用，日本兵还是走开了。

二爷重新跪下，面对着满江的死尸，面对着将军墩，磕了一个头，然后默默念道：

……傍扶夷江而居之不肖子，以香烛祭江中之冤魂，放呼河神，并及将军之神灵，谨听衷肠：日本鬼犯我中华，侵我与世无争之地，夺我沃野，占我老街，杀我黎民，淫我妇人，戮我孺子，江中之魂，可作天地之证，今又迫我将汝等放逐漂流，实为无奈，本该为汝等备棺厚葬，恨日本鬼尚在身旁，刀枪相逼，但愿汝等化神共怒，以击矮贼！河神恩德浩荡，将军神灵永在，乞援，乞佑。伏维尚飨。伏维尚飨！

二爷这番默念的祭词，既是他心中满腔怨愤的发泄，又是从老街祭奠死人时学来的一些词。其实最后那"伏维尚飨，伏维尚飨"到底是什么意思，他也不清楚。

二爷的这番祭奠，是对这满江冤魂的第一次祭奠，也是最后一次。江中的冤魂如若真的有知，不知当作何感想？！

二爷祭奠完毕，站起，带领十个人，开始了这不知该称作什么的事情。

他们先是用竹竿扎勾，将靠近岸边的死尸往岸上拖，但刚腾出一块水面，其他的死尸又漂浮而来，将空出的水面占据。

他们尽量小心地不让扎勾扎着尸体，他们实在再也不忍心在已被江水泡胀、布满窟窿的死者身上再加一个窟窿，他们认为再将扎勾扎在死者身上，等于为自己又增添了罪孽。然而，这样的处理就实在太慢，整整一个上午，他们连一处水面都没有清空。

几个乡民将竹竿一丢，坐到河滩上痛哭起来。

他们既是在为场面太惨而哭，又是在为自己而哭。因为照这样清理下去，等待他们的，只能是被逼跳江。

下午，二爷弄来一只划子，带了一壶烧酒。

二爷打开烧酒壶盖，咕嘟咕嘟灌下半壶，然后把剩下的半壶朝那十个乡民一举，说道：

"谁跟我坐划子到江中心去？"

一听说要去江中心，乡民们个个摇头。

一个乡民说：

"二爷，你是要我们从死人堆里划过去啊？"

二爷说：

"只有这一条法子了，到江中心去，将尸体一具一具地往外扒，只有扒开一个口子，才能让江水把尸体冲下去。"

"天啊，这划子能从死人堆里穿过去吗？"

……

二爷指着满江的尸体说：

"穿不过也得穿，不然，我们只有一起跳江，和他们到一起了！"

这十个乡民都知道，除了按二爷这个法子，也许还保得住自己的性命外，的确别无他法！但依然没人敢上划子。而划子上又必须至少得有两个人，到了江中心后，得有一个人掌着划子，另一个人才能动手去扒尸体。

二爷见无人敢跟他去，想了又想，只得采用抓阄的办法，谁抓着了，谁就跟二爷去。

乡民们觉得也只有用这个办法了。于是抓阄，众人皆在心里念着，千万别让自己给抓着了。

那个抓着了去的人，名叫阿宽，乡人都称他宽麸仔。看着那不得不去的阄，宽麸仔将腰间的裤带勒紧，再勒紧，将剩下的半壶烧酒一口饮尽，跟着二爷上了划子。

二爷后来说，老街这地方怕是自从有人以来，就没有任何一个人在这样的江面驶过划子。小小的划子，得在挤得密密麻麻的死尸中，穿出一条水路来。我认为二爷还是讲得不对，岂止是老街，全世界恐怕都没有这么样的一次行船。

二爷将两根竹竿放到划子上，手持一叶木桨，宽麸仔也手持一叶木桨，二爷站在划子前头，宽麸仔站在划子后头。划子入水时，二爷吩咐其他的人一齐用力，将划子往死尸堆中推去。

划子在众人的推动下，始是冲开了一线水路，但很快就被死尸堵住。二爷只得要宽麸仔拨划子左边的尸体，他拨划子右边的尸体，好让划子保持平衡。

划子在尸体中缓慢地穿行。

站在江边的乡民盯着那在死尸堆中穿行的划子，齐声对着将军墩祈祷，祈祷将军保佑，祈祷江里的冤魂千万别怪罪。

突然，宽麸仔惊叫了起来，他的木桨，怎么划不动了，好像被人抓住了，宽麸仔惊慌失措，划子就要倾翻，好在有尸体挤着，没有翻。二爷又不能走到划子尾部来，只得大声喊，没有鬼，没有鬼，大白天哪来的鬼，你快看看，你的木桨是不是被水草缠住了？！

宽麸仔这才稳住心，定睛一看，果然是被水草缠住了。而一些尸体之所以横浮在原处不动，也是尸体上的衣裤什么的被水草，或水下的树枝、蒺藜缠住、挂住了。

"丢掉桨，不要了，拿竹竿撑！"二爷喝道。

那竹竿太长，撑划子实在不便。宽麸仔是个撑船的里手，他明白。于是他又竭力想把桨抽出来。他紧紧攥住木桨，小心地翻转，好让水草脱离木桨。木桨就要从水草中出来时，他一用力，随着水的波动，一具尸体直往他手边撞来。宽麸仔一声"阿唷"，手慌忙往回缩，木桨，掉在了水里。

宽麸仔又是一声惊叫，那叫声，令江上的气氛更加恐怖，令江边的乡民更加毛骨悚然。

二爷将自己手里的木桨递给宽麸仔，宽麸仔竟不敢来接。二爷吼道：

"你再叫，再叫，老子一桨先将你打下水去！"

年轻的宽麸仔眼里噙着泪水，颤抖着接过木桨。

……

划子总算到了江中心。

二爷要宽麸仔掌管好划子，二爷叮嘱他，死尸的决口一被打开时，会有一股强大的尸流冲来，可千万别让划子被冲翻了，要是掉进死尸堆中，爬都没法爬上来，往岸边游也休想游开，那就真的只能和死尸一道往下流了。

二爷拿起一根竹竿，抵到稍远处的尸体上，用劲往下面推。推动一具，又推动一具……

天色黑下来了，江面上阴风阵阵，令人胆战心惊。浓烈的血腥味、尸体被水浸泡发出的异味，随着阴风飘荡。

此时，即使是想退回岸边去，也是不可能了。

紧张、害怕，随着夜色的阵阵加浓，使得宽麸仔已经几乎要崩溃了，他绝望地喊：

"二爷，二爷，还要多久呵！"

二爷只能专心地，小心地推着尸体，顾不上回答。

宽麸仔又喊：

"二爷，二爷，我实在不行了啊！"

二爷迸出一句话：

"顶住！顶住！你要不想死就给我顶住！"

……

死尸的决口终于被打开了，尸流蜂拥着沿着决口往下冲去。

二爷扔掉竹竿，跪在划子上，嚎啕大哭起来。

第二天，也就是我母亲在盼着二爷的第三天，二爷和乡民们将离决口远处的尸体，以及横在回水湾处，或被树枝、蒺藜挂住了的尸体，推向决口。直到傍晚，扶夷江才算完全疏通。

二爷喝了整整两壶烧酒，喝得醉醺醺的。小队长却要来和他喝酒了。

喝就喝，二爷想，你妈的屄，老子喝死也要拖你来垫背。

小队长先是夸二爷没有拖延时间，使得老街的卫生状况有了改观，这就为他的模范治安区做了些成绩。小队长说他说话是算数的，所以就不要二爷和他的人去跳江了。

"不是跳江，是投江，投入江中！"小队长补充说，"由大日本皇军一人手举一个，扔到江里去！"

二爷的样子虽然是醉醺醺的，但心里一点也不含糊。他一边在心里嘀咕，他妈的还一人手举一个，要是你们没有枪，个对个，来试试看！一边揣摸着，这个鬼子司令尽管说得这么凶，却好像有点高兴，他便瞪着被烧酒烧得通红的眼睛，说：

"司令，那几个乡民已经按时搞完了你说的卫生，你就放他们回去算了。特别是那个宽麸仔，魂都已经没有了，你还留着他们干什么呢？"

"不，不，"小队长说，"我要让他们当我的模范维持员。这样，你就不是光杆会长了。这是对你的器重。"

二爷知道这个器重的意思，但依然只能在心里骂娘。二爷又开始恨起自己来，在这些日本人面前，自己除了能在心里骂娘外，完全成了个废人。

二爷知道说什么都是没用的了。他便下定决心和这个司令比喝酒。只要喝酒喝赢他，也算自己胜了一回。于是小队长每说一句，二爷就和他碰一次杯。

二爷只是说：

"吃，吃酒，吃！"

小队长夸起老街的酒来，说老街的烧酒的确好喝。

小队长不知道的是，老街不光是烧酒好喝，那甜酒更是出名。每年从秋末冬初开始，家家户户酿甜酒。过年时，甜酒是不可或缺之物，且家家都要打糍粑，刚从碓臼里打出的热糍粑，沾着芝麻粉，就着煮熟的甜酒，那滋味，美得令人无法说。无论走到谁家，总是先喝一碗甜酒煮糍粑。那甜酒是选用最好的糯米，以老街的井水蒸酿，那甜酒饼药则非老街的不可，酿出来的甜酒甜得腻人，香得爽心。将甜酒加水煮时，从未听说过谁还要放糖的，老街人谁又会因吃甜酒而去买糖呢？甜酒若还要放糖，那又叫什么甜酒呢？但若是用别地方的甜酒饼药，或买了老街的甜酒饼药到别的地方去酿，则无论如何也酿不出老街这样的甜酒。冬日寒风凛冽之际，老街上会有人挑着担子，担子一头是甜酒糍粑，一头是木炭火炉，唱歌似的吆喝："甜酒——糍粑啊！"有那来街上办事的乡人，忙喊住，要一碗甜酒煮糍粑，吃得浑身冒热气。价钱却是便宜得很。

此时，小队长只喝到老街的烧酒，只知道老街的烧酒好喝，便问二爷：

"这酒是你们老街人酿造的吗？"

二爷说：

"吃，吃酒，吃，这酒当然是我们老街人酿造的。"

小队长说：

"最蠢的人往往能酿出好酒来，这在世界各地都是这样，譬如那些印第安人，再譬如那些连文字都没有的民族，这是值得研究的学问。"

二爷听得他骂老街人蠢，却又不敢和他争辩，心里窝着的火实在无法发泄，便索性也骂：

"我捅你妈，吃酒，吃！"

二爷的骂自然不能让小队长听懂，他只能用当地最土的话骂，小队长果然有些听不懂，但能听懂"吃酒"。

小队长说：

"你是个蠢人的头头了，喝酒怎么能说吃酒呢？"

二爷说：

"我是蠢人的头头，你是蠢人下面的和尚头，吃酒，吃！"

小队长每说一句，二爷就乱骂一句，反正用最土的话骂。

小队长问道：

"你这是些什么话？"

二爷说：

"我们这个地方十里不同音，这是真正深山老林里的话，你不是要研究学问吗，这意思就是你司令吃酒是海量。"

小队长点点头，想了一想，说：

"不对，你的每句话都不是相同的。"

二爷说：

"大致差不多，是我们吃酒时对酒量大的人的赞美。"

小队长说：

"那你就多说几句，我也多听听这十里不同音。"

二爷就又胡骂。

老街这地域，因为平素太讲礼性，即算是深山老林里的骂人语，骂出来也是柔柔的，还要拖着那么一点腔，有着唱的韵味。故而小队长听得有味，说对中国文化的研究又有了新的收获。可小队长发现，二爷喝得有点不行了。

小队长立时凶狠地说：

"你在我面前敢这样喝，喝醉了不怕我砍你的头？"

二爷说：

"你砍头我也要吃酒，吃！"

小队长反倒笑了起来，主动跟二爷一杯一杯地碰，碰得他自己真有点不行了。

小队长说：

"你们那河对岸，有个神仙岩！我的，已经知道。"

看似醉醺醺的二爷心里顿时吓了一大跳。

"那神仙岩里，藏着大量的劣民！"

二爷忙装醉，说：

"吃酒，吃，你，你也不行了。"

小队长顿时大怒，说：

"你敢说我不行了？你要那些劣民，赶快回来，不然的话，我就要你知道我的行！"

二爷怎么也想不清，这个鬼子司令是怎么知道神仙岩的。他那什么研究大东亚文化，莫非连老街的神仙岩都在他的研究之内？！二爷决意在这个晚上，要乘着酒醉逃跑。他一则是怕我母亲在月亮谷死等，等得焦急；二则，也是最主要的，他得把日本人发现了神仙岩的消息透露出去。

二爷知道，像这样能吃酒的机会，以后恐怕不会太多，于是他一个劲给自己灌酒。

小队长见二爷不跟他碰杯，只是自己一个劲地喝，知道二爷是醉了，他心里挺来劲，便存心逗一逗这个老街人，逗二爷说出些醉后的真话来。

小队长说：

"你对皇军的吩咐很尽力，所以你在我面前喝酒失态我不怪罪于你，算是对你的奖赏。你还有什么要求皇军办的，尽管说出来。有什么不满的，也可以说出来！"

二爷心里明白，这舔胯的是要套他的话了。二爷想到了我大姐，便趁醉说：

"司、司令，我有个侄儿子被皇军收留了，她还只有十岁，能不能请你把她放出来，把我抓进去。我去顶替我那侄儿子，她实在是年龄太小了。"

小队长想了想，说：

"是有这么一个小孩，长得很可爱的，我喜欢。我们大日本帝国喜欢小孩。不过非常遗憾，他已经不在我这里了。"

二爷说：

"那个小孩，长，长得什么样？"

小队长说出了我大姐的长相，二爷也不能不信了。

二爷问：

"她，她到哪里去了？"

小队长说：

"我们把他送回大日本国去了。他会在我们大日本国受到很好的教育。我们要教他日语，教他学习大日本文化。让他成为一个具有大和民族精神的人。这是他的福气，你不要担心。"

小队长的话是假的。其时我大姐还和一些同时被抓的一起被关在老街，但小队长已经接到了一个命令，要他派出一个分队，将在老街抢到的东西，押送往广西。小队长已经决定，用抓来的人挑送东西。

日本兵的一个小队相当于一个排，一个分队则相当于一个班，他要派出一个分队去，他留在老街的兵力就只有二十来人了，尽管他知道在老街没有中国武装，但这个文科高才生还是小心谨慎，以免走漏风声。

在小队长说了这话的第二天，我大姐的确就被"送"走了，不过不是去他们的日本国受教育，而是当挑夫。他们究竟为什么让一个孩子去当挑夫，谁也解释不清。而在当挑夫时，他们又有条不成文的规定，那就是年纪越大的人，得挑得越多。譬如说，五六十岁的人，那就得挑那最重的，假如最重的是一百斤，那么四十岁的就只要挑八十斤，三十岁的挑六十斤，二十岁的挑四十斤，十岁的挑十来斤。也许他们就是要将老一点的折磨死，剩下年轻的，特别是小孩，好实行奴化教育。而婴儿之类，又在他们的杀戮之列，大概是嫌婴儿只会哭，烦人。所以在一些城市里，当他们带刺的长筒皮靴将血迹踏干净后，常可见到拿糖给小孩吃的事。有些事无法用常理去理解，就如同欧洲有个希特勒疯子一样，多少学者想对他进行解释，最后还是解释不清。

二爷听小队长那么一说，心想我大姐已经完了，被押到日本去了，这一辈子也别想回来了。他再喝下几杯酒时，便倒在了地上，像一滩稀泥。

对于一个醉得像滩稀泥的人，小队长用不着派人看管他了，就连这"司令部"的堂屋，也不能让他睡了。

小队长醉意朦胧地高兴地说：

"把他拖出去，拖出去，扔到街上，让他醒醒酒，醒醒酒……"

二爷被拖了出去……

二爷被拖出去扔在街上、然后乘机跑了的这天晚上，宽麸仔疯了。

疯了的宽麸仔，始是为小队长和日本兵增添了不少快乐。宽麸仔时而叫，时而哭，时而双手使劲捶打自己的心口，时而惊恐地喊着他们来了，他们来了，他们从江里上来了……小队长说看着这样的中国人非常有趣，能让人在这偏僻野蛮的地方感受到一种畸形的文化气息。他的那些皇军士兵则在空闲或者休息时，围着宽麸仔，玩扇耳光的游戏。这个皇军对着宽麸仔一耳光扇去，问他，什么的人从江里的上来了？这些玩扇耳光的皇军说的都是他们自己的母语，疯了的宽麸仔不可能听懂，因为他没疯时也听不懂。这一耳光将宽麸仔扇到另一个皇军面前，这另一个皇军又一耳光扇去，照样问他，什么的人从江里的上来了？这另一个皇军的又一耳光将宽麸仔又扇到另另一个皇军面前，另另一个皇军照样办理……他们很快活地嚷着，比赛着谁的耳光能将宽麸仔扇得更远。

后来他们玩扇耳光的游戏玩腻了，便玩骑马的游戏，他们轮流骑到

131

宽麸仔的背上，揪着宽麸仔的耳朵，在规定的时间内看谁骑得快。结果一个皇军为了获胜，揪下了宽麸仔的一只耳朵，宽麸仔耳朵上的血不但染红肩膀，而且因为痛得在地上翻滚，染得到处都是，他们就嫌宽麸仔太脏，不卫生，不玩了。

再后来觉得宽麸仔已经不能给他们带来快乐，就干脆把宽麸仔的另一只耳朵割下来，将那把还沾着宽麸仔耳朵残血的刀，送进了宽麸仔的心脏。

十五

我母亲一听二爷说我大姐被带走，已经不在老街，立时就哭了起来。

二爷没有更好的话来安慰我母亲，只是说：

"他四娘，别哭别哭，那个日本司令的话不可全信，什么送回日本去了，别相信。"

白毛姨妈也说：

"姐，那个鬼子头可能是骗人呢！"

二爷接着说：

"就算是往日本送，那日本离咱老街天远地远，也不是一月两月能走到的，大侄子那么灵泛，她会设法逃回来的。"

白毛姨妈又说：

"姐，我们一世尽做善事，菩萨会保佑的，老大一定能遇见贵人，帮助她回来！"

……

二爷和白毛姨妈轮番说着些连自己也不敢相信的宽慰话。

痛心地哭着的母亲擦了一把眼泪，说：

"你们也不用宽我的心了，我知道我是难得见到我的儿子了。事情到了这一步，已经只有报仇这一条路了！"

白毛姨妈跟着说：

"那咱就去报仇！"

二爷说：

"他四娘，这仇是不能不报的，可目今还有一件急事，尽管侄儿子至今不知下落，但我思谋着，还是不能不和你说，那个日本司令，说他已经知道了神仙岩，知道神仙岩藏了百姓。那神仙岩，也不知到底藏了多少人？"

二爷是比较小心地说出这些话来的。他怕我母亲正在因我大姐而极度伤心的时候，不愿意听他说别的事。

我母亲说：

"那神仙岩里，只怕会有几千。其他地方都没见着人哩，四乡的人大概都躲到那里去了。"

二爷又试探性地说：

"他四娘，那你说该怎么办呢？"

二爷没想到我母亲的回答是：

"老十二，你别总是喊我'他四娘他四娘'的了，你就喊我的名字！到了这个份上，只有我们几个人捆绑到一块了。你得让神仙岩的人知道日本鬼已经发现了啊！得赶快往别的地方躲啊！"

二爷听我母亲喊他老十二，心里不无激动。十二是他的排行，二爷其实是俗称，喊老十二才是最亲昵的称呼。他当即说：

"芝姑娘，我也是你这么想的，不把这个消息告诉神仙岩的人，我心里不安。谁叫我知道了这个事情呢！"

二爷本想喊芝芝的，但见我白毛姨妈在身边，还是改了口。这"芝姑娘"其实还是俗称，凡平辈、长辈，都可喊某女人为某姑娘。

白毛姨妈又跟着说：

"我觉得也是应该告诉他们，要他们快跑。"

我母亲想了一下，却又说：

"只怕即使是告诉他们，他们也不会离开呵！他们觉得那里好得很。告诉他们也是白告。"

白毛姨妈说：

"他们跑不跑是他们的事，我们只要告诉他们，就尽到良心了。"

二爷对我母亲说：

"我知道我那大侄子音信全无，你心里急得很，可这已是没有办法了的事，而那神仙岩里有那么多人……"

二爷的话还没说完，我母亲就说：

"老十二，我知道你的意思，你也不要跟我说别的话了，眼下是救神仙岩的人要紧，你说说，怎么个救法？"

二爷说：

"连夜去神仙岩，要他们走。"

我母亲说：

"他们要是不肯走呢？"

二爷说：

"他们走也得走，不走也得走，这是他们的性命攸关，我就不信他们连这点道理都不懂。"

我母亲说：

"他们不是不懂这个道理，而是他们有他们自己的道理。他们的道理就是日本鬼即使上了神仙岩，也拿他们没办法。"

二爷说：

"我将我自己的亲身经历讲给他们听，他们总该会走了吧？"

我母亲虽然断定神仙岩的人是不肯走的，但她不愿和二爷争，在这里争有什么用呢？只有到了神仙岩，尽量去说吧。

母亲这个女人，此时又显现出了她那不同于一般老街人的思维，她突然转了话题，问道：

"你说那个鬼子头是个司令，你看见他们到底有多少人，多少枪呢？"

二爷说那司令是个鬼精，根本就不让他知道实情。但凭着他曾被土匪抓过的经验，他估摸着，好像也只有那么二三十个人。

母亲说：

"什么司令，比土匪坏百倍、千倍的东西，土匪是有得几个人就称司令。他比土匪坏，还不配称司令！"

二爷说：

"司令倒是我喊出来的呢。我也不知道他究竟是不是那个鸟把戏？"

母亲说：

"你不要再喊什么司令了哪，我听着就恨！鬼子头，鬼子头！要把他那鬼子头砍掉就好了，砍掉去祭被他们杀死的冤魂！"

母亲接着又像自言自语：

"二三十个日本鬼，才一个排，我们逃难的有几千几万，怎么就不敢和他们拼呢？"

母亲之所以知道二三十个人是一个排，是因为曾有中央军的一个营，从老街过兵时，在老街吃过一餐中饭，那营长的饭，就派在"盛兴斋"铺子里。我母亲见那营长倒还和善，便跟他讲白话，问营长到底是个多大的官，到底带多少兵？那营长就告诉我母亲，一个营管三个连，一个连管三个排，一个排二三十来人。营长笑着说，你算一下就知道我带多少兵了。老街人之所以并不害怕中央军，就是因为这个营在吃过饭后，开拔时，还把派饭吃的铺子地面，扫了一遍。那些兵们，把借用的一些东西也都归还。

母亲在这个时候显出了她那女人的天真。别说日本鬼才一个排，就是一个班，毫无组织的老百姓在他们面前，也只能作鸟兽散，纷纷逃，也只有任凭宰割的份。母亲如果知道在全中国，已有几千万的人被杀了，更不知道她会如何慨叹。几千万，就算是杀鸡杀鹅，也得费多大的劲啊！

但我母亲在这个时候能够说出这样的话，也称得上是位不凡的女性了。

二爷说：

"他们有枪有炮哪，都是钢枪钢炮哪！他们那钢枪打得远，又打得准，而且个个练过拼杀，是从小就训练出来的，就说那个鬼子头吧，他说他是读书的高才生，而且是研究什么文化的，这研究文化的也能打仗，也能带兵，也那么杀人，比别人杀得更凶，更残忍……"

母亲说：

"这我就想不清了，既然知道日本人要打我们中国，那些吃官粮的，怎么就不把像你老十二这样的人，也发些枪，也训练训练呢！如果像你老十二这样的男人太少了，我也可以参加呀！"

白毛姨妈也说：

"对啊，还有我啊！爬山越岭我不会比任何男人差啊！"

二爷说：

"谁知道吃官粮的是怎么想的，他们不训练哩。可要说毫无训练呢，我们这地方学武术的也不少，像我，就硬是学了好几年。我那父亲没死时，还天天骂我不务正业。可就算我这学了武术的，见了那钢枪钢炮，也是无能为力啊！我们国家怎么就不多造些钢枪钢炮呢！？"

二爷又嘟哝着，要有枪就好了，要有枪就好了，有了枪，我就不信打不死他们，我就不信他们不是父母养的……

母亲说：

"平时里那些土匪呢？土匪难道就连一条枪都没有吗？那些土匪若能和他们干一仗，也是英雄啊！"

二爷说：

"有些土匪有那么一两条枪，但那枪也是吓人的，跟烧火棍差不多，那些土匪只怕也早躲了，不知躲到什么地方去了。"

"他妈的，该着咱老街无能人了。"母亲骂了一句。

母亲这一骂，二爷却觉得有点不自在。他想着自己在日本鬼手里时，只能在心里捅日本鬼的娘，只能做缩头乌龟，只能是人在矮檐下，不能不低头……唉，他长叹了一口气。

母亲沉默了一会，又说：

"老十二，这个占领我们老街的鬼子头应该没有炮吧？"

二爷回答说：

"没看见什么大炮，但据说他们有一种小钢炮，也许藏起来了，反正我没见着。最多的就是那种长枪，上面上着刺刀，打得远，响声又脆……"

母亲打断他的话，说：

"在庙里堵住我的鬼子，端的就是你讲的那种长枪，对着我的胸口。他妈的我要把那枪拿来就好了。"

母亲又骂了一句粗话。

二爷想着我母亲那句该着老街无能人的话，他不能不表示自己的男子汉气概了，他便冲口而出：

"芝姑娘，我去夺他一条枪！"

我母亲说：

"你怎么夺？"

二爷说：

"日本鬼放的是暗哨，我就去摸他的暗哨。"

我母亲说：

"就是暗哨难摸哩！他又不会老缩在一个地方。你还没看见他，他倒先发现了你……还是去逮那'掉队'的。"

二爷说：

"可那个鬼子头，这些天又没派鬼子兵出来打抢。"

我母亲说：

"他们总要出来打抢的，总要出来打抢的。他们那号人，天生就是打抢的，不出来打抢他们熬不住！"

二爷说：

"只要他们一出来打抢，我就替你去夺枪！"

我母亲说：

"老十二，我就喜欢听你这样的话。不过得你夺你的，我夺我的，咱一人夺他一条枪，就能为我那老大报仇了！"

二爷说：

"就是不知道日本鬼什么时候才会出来打抢……"

二爷的话还没说完，白毛姨妈插了一句：

"哎呀呀，那得等到什么时候啊？姐，你倒是快点拿个主意出来啊，要么马上往神仙岩去，要么就直接进老街去夺枪。"

白毛姨妈讲这话的口气，像个小孩。她尽管因为有着一头白毛而被人瞧不起，尽管连我外祖父也说她是个孽障，但我外祖父私下里其实特别疼她、惯她，我母亲又总是护着她，而她嫁到八十里山后，因为能干，她丈夫也十分地珍惜她，那头白毛，使得她和外界人接触不多，在她丈夫死后，她更是很少和外人来往。八十里山的山水，养育了她的灵气，也使得她对世事的理解相当稚嫩；自给自足的生活，使得她想干什么就干什么，用不着征求别人的看法，却也更加封闭了她。她看问题简单，从不去多想什么，这使得她格外年轻，但在这乱世之秋，她的稚嫩，她的简单，却实在不是一件好事。本来按理说，她跟在我母亲身边，我母亲应该能够弥补她的稚嫩，弥补她的简单，可我母亲却犯了一个无法弥补的错误，使得她遭遇最惨。

白毛姨妈把我母亲当作了头。

二爷也说：

"芝姑娘，干脆我们都听你的，你说怎么办就怎么办！"

母亲说：

"你们都听我的就听我的，三个人的司令我也当得了。夺枪不是一件容易的事，先去神仙岩再说，救人要紧！"

二爷说：

"对，先去神仙岩。不过，芝姑娘，我总要夺一条枪给你的。只是，就算你拿了那枪，可你也不会用啊！"

我母亲说：

"什么不会用，不就跟那射箭差不多。只要端得平，端得稳，发射的那一刻别出气，我就不信鬼子头能从我的枪口跑掉！"

我母亲已经把心思放在那个鬼子头——文科高才生小队长身上，她已经认定，只有把鬼子头干掉，才算是为我大姐，为老街和四乡的人报了仇。

此时的母亲，虽然一无枪，二不会打枪；虽然连杀只鸡都要先念"鸡啊鸡，你莫怪，你本是凡间一碗菜……"之类的超度语；虽然按现在人才素质的要求，她是一无文凭，二没受过任何训练，而她锁定的对手却不但有钢枪，枪法准；不但是杀人不眨眼，并且能在杀人中得到乐趣；不但有文凭，并且是高才生，从小就受到侵略杀人的专门训练。但我母亲锁定的这个对手，能否胜过我母亲，却很难说。甚至于能否从我母亲手里逃脱，也是一个疑问。

十六

　　隐匿于灌木丛中的神仙岩，确是一个险峻之地。进岩的那条路，仅能通过一辆独轮板车。而小路外侧，就是悬崖峭壁；悬崖峭壁下，则是扶夷江。如果是有着军事眼光的人，那么此处真是易守难攻。只需要将几支枪，或一挺机关枪守住那条只能通过一辆独轮板车的小路，要想攻进洞内，难莫大焉。若想从扶夷江攀崖而上，则必须在悬崖峭壁下的江水里连接船只，再在船只上架设云梯，方能登攀。守卫者则只需将手榴弹，或擂木滚石，或烧滚的桐油，往下扔，往下滚，往下泼，或以硬弓强弩，往下放箭便是。无奈藏于洞内的皆是些手无寸铁的老百姓，别说他们是否有军事常识，就连自卫这二字，也从未去想过。他们仅仅只是将这作为藏身之地，希冀躲过劫难而已。

　　神仙岩的洞口不大，但一从洞口进去，可就真的别有洞天。别说藏千把两千老百姓，就是驻扎进去一个师，也是绰绰有余。但这是作为旅游景点开发后的神仙岩，把里面的许多地方打通所致。

　　二爷和我母亲、白毛姨妈进到神仙岩时，里面并不像今日游客看到的那样宽敞，那样的让人一看就赞叹不已。

　　躲难的人这里坐着一堆，那里躺着一群，因为已是黎明，靠近洞口的已被斜射进来的光线照看得清楚，熄灭不久的松明火把散发出一股浓郁的松油味，里面则是黑黢黢一片，但早已习惯了在黑夜不点灯，好省下几个灯油钱的人们，并不觉得洞子里的黑与亮有什么太大的区别，他们需要亮时就点燃松明火把，不需要亮时便将松明火把踩熄。他们反正是呆在里面，有精神时就说说白话，没精神时就呼呼地睡。一年到头的辛苦劳作，到了这里面反而能睡了些好觉，或者叫放开手脚的轻松。他们关心的只是——日本人走了没有？！

我母亲进了洞子后，大声地说：

"喂，我是'盛兴斋'的四娘，这里有管事的吗？我们有重要事情要说！耽搁不了的哪！"

洞子里哪里会有管事的呢！老街上来的，便和老街的人在一起；乡里来的，同村庄的便和同村庄的人在一起，一个院子的便和一个院子的人在一起……洞内也是"洞内有洞"。好在所有的人都讲礼性，都讲究谦让，且都知道躲难只是一时之计，只待日本人一走，出去的该干什么还是干什么，所以并无大的争吵什么的，即算偶尔产生矛盾，也立即有人劝解，"算了算了，都是躲难的，何必呢，各人少说一句，大家都安稳。"矛盾也就迅速化解，没了。

我母亲那么一喊时，没有管事的出来，倒是老街上认识她和二爷的围上来了不少。

围上来的都很兴奋，忙忙地问外面的情况。

"日本鬼子走了没有？走了没有？"

他们明知道没走，但这么问一问，希望的是能得到走了的回答。

不待我母亲答话，又有人说：

"那日本鬼，老待在我们这里干什么呢？他们为什么还不走呢？"

"听说那县城，也被日本鬼占了，这不会是真的吧？"

"县城那杨令婆，这回显圣了没有？"

"还是听他四娘说，四娘你说。"

我母亲便说：

"让他二爷跟你们说吧。"

二爷于是说了菜园子里被杀死的女人们，说了扶夷江满江浮着的尸体，说了老街驻扎的鬼子兵，说了鬼子头已经知道神仙岩的事……末了要他们赶快走，别呆在这神仙岩了。

二爷在说着时，围拢来听的人越来越多。

然而，二爷这么如实一说，听的人有的说他们早就知道了，早就知道日本人不光是杀人不眨眼，就连眼毛也不眨一下的；有的说幸亏早早地进了这地方，不然的话那就真的不得了……如果说这就是他们发表的意见，那么把这些意见归总为一个意思的话，则是越发留恋神仙岩，越发不肯走了。

"走不得，走不得啊！一回到老街，那不就是送肉上砧板，听凭鬼子去割去剁？！"老街上的人说。

"是啊是啊，我们若一回到村里，鬼子把村子一围，还不会跟菜园子里的女人一样？！"乡里的人说。

"还是躲在这里好，这里好。这不，这么多天了，只有我们这里无事。乱出去不得的哩！"老街人，乡里人，都说。

再一想，可不是吗？外面被鬼子兵杀得那么昏天黑地，只有这神仙岩里清净无事。

"搭帮神仙岩的神仙保佑呵！"

……

我母亲平素也是信菩萨信神的，可听得他们这么一说，却急得叫了起来：

"又不是要你们回老街，又不是要你们回村里，是要你们躲到别的地方去！别呆在这里等日本人来！"

母亲不敢说出别呆在这里等日本人来收拾的话，她也怕犯忌。

立即有人说：

"他四娘哎，你倒是说得轻巧，你一句话，要我们别躲在这里就行了，可我们又躲到哪里去呢？"

我母亲说：

"去大山里啊，去八十里山啊！大山里到处都可以躲啊！"

又立即有人说：

"你老人家就说得有味哪，我们这神仙岩不是在山里，而是在河里啊？！"

"你老人家要我们到大山里去，那我们这里的东西怎么办？"

"日本人是从对河山里杀过来的，你老人家还要我们去他们杀过人的地方啊？！那去不得，万万去不得！到时候日本人没能把我们怎样，那些鬼魂倒会拖人去垫背。"

"是哩，是哩，鬼魂是要拖人的哩！"

……

我母亲真想说，你们这些人怎么都跟我那驼四爷一样，只会认准一个死理呢？可母亲依然不敢说，她怕犯众怒。

我母亲伸手掠了掠她那脑后的巴巴发髻，强迫自己别生气，别发火，这可不是对着自己那驼四爷，生气也就生了，发火也就发了，这可是些街坊乡邻，其中更不乏长辈，于是她对一个长辈说：

"你老人家，见得多，识得广，吃过的盐比我走过的桥还多，你老人家给说说，日本人要是真到神仙岩来了怎么办？"

这位长辈非常认真地想了想，说：

"依我说呢，日本人已经占了老街，是不是？是的吧。老街的人都走光了吧，是不是？是的吧。日本人占了老街，他就得要吃的，第一得要粮，是不是？是的吧。老街没有粮给他们，他们必定会到乡里去抢，是不是？是的吧。所以依我看啊，目今乡里是最不稳当的。是不是？是的吧。"

"是的哩！是的哩！"

一片附和声，且皆点头。

长辈见听的人除了我母亲和二爷、我白毛姨妈外，都认为他讲的在理，便继续说：

"他们到乡里去抢，也抢不到什么，是不是？是的吧。该藏的，都藏了；该走的，都走了。是不是？是的吧。所以依我说呢，日本人在咱这地方是呆不久的，还没等他们来神仙岩，他们就得走了……"

长辈还没说完，我白毛姨妈顶了一句：

"你老人家怎么知道他们没来神仙岩就得走了呢？"

长辈见有人打断他的话，略略有点不高兴了，他故意将我白毛姨妈仔细地打量了一番，像打量一个怪物一样的看了又看，然后声音低沉地说：

"你这个女子，是哪家的？连这点道理都不懂？！兵无粮草必溃，晓得吗？只要我们不出去，那日本兵就得走！"

这位长辈仍然讲究礼性，并没有说出"白毛"二字，只是那低沉的声音里，含有不可撼动的威严。

我母亲怕白毛姨妈受窘，因为她从长辈的话里，就已经听出是对我白毛姨妈含有鄙视。我母亲便对这位长辈说：

"你老人家知晓兵书，说得有理，兵无粮草必溃。可他们要是来找你老人家要粮草呢？"

不待长辈回答，立即有人说：

"鬼子兵到哪里找我们？神仙岩有神仙庇佑，只要他们一来，山上就起大雾，他们看不见。神仙将他们的眼睛捂住，捂得严严实实，纹丝不漏，形同瞎子，那瞎子还不掉进江里去啊……"

这当儿二爷插话了。二爷对着这人说：

"兄弟哎，鬼子兵还没来过，你怎么就敢断定山上要起大雾，他们看不见呢？这可不是像平时赌宝，只输几个钱，这是在赌性命呢！"

"要是鬼子兵真的来了呢？"我母亲又逼上一句。

又有人回答说：

"他们要是真来了，无非就是要我们这些人出去，送粮草给他们，我们不出去，就是要饿死他们！"

这话说得很有几分激昂，博得一片喊声：

"对，我们就是不出去，就是要饿死他们！"

我母亲说：

"他们如果将洞口困住呢？你们不怕饿啊？"

我母亲还是不敢说出如果鬼子兵向洞内开火，你们往哪里跑的话。因为在凶险的事情还没发生之前，如果有人就把那不吉利的话说出来，倘若凶险事情发生的结果真如那不吉利的话所言，讲出这不吉利话儿的人是难逃其责的。

有人笑了起来，说：

"他四娘，你又在多操心了，你看我们这里面的东西，够吃够用的。我们不出去，真正挨饿的只能是日本鬼，他们一饿肚子，还不走啊，要留在这里过空肚子年啊。"

我母亲还是用稍微委婉的话说：

"这位兄弟，你要明白我的意思，鬼子兵不是些人，我是怕他们饿急了，干那些不是人干的事啊！"

我母亲得到的一个回答是：

"他四娘，我们也晓得你是好心，不过你放心，日本人即使真的来了，他们的目的也不过是要我们出去，出去为他们筹办粮草，他们要是真像你讲的那样，那他们不是竹篮打水一场空吗？日本人狡猾得很，他们不会这么蠢。"

我母亲仍然不敢直截了当地说出日本人可能会对洞内实行大屠杀的话，我母亲仍然只能耐着性子说出一句让人去理会意思的话：

"他们要是端着枪进来硬抢呢？"

"他们敢进来？这个洞口一次只进来得个把两个人，我们这么多人，不活吃了他？"

这话说出了豪气，说出了胆量，可二爷一听却来了火，说出了最犯忌的话。二爷说：

"如果他们朝洞内丢炸弹，你们还有几个人能跑出去？"

二爷这最犯忌的话一出，立即引来了众人的愤怒。都说他是把尿壶挂在嘴巴上，尽喷秽物！且要他立即滚开，连同他带来的晦气一同滚，滚开得越远越好，那晦气才能永远只跟着他，让他一辈子晦气！

我母亲赶紧说：

"你们可别错怪了他二爷哪！二爷这可是提了脑袋来把这个消息告诉你们的呀，他是曾被日本人抓了的，他受尽了憋，冒着性命危险跑出来，就是怕你们受憋才连夜赶来的啊！"

我母亲说的"受憋"，就是受苦、受难。我母亲没想到的是，她为二爷说的这番话，却帮了二爷的倒忙。

我母亲无论如何都没预料到的事情出现了。

母亲话音未落，立即有人质问道：

"他二爷，这么说，你是从日本人那里逃出来的啰，日本人手里就那么好逃？别人都逃不出，只有你二爷逃得出？你就有那么大的本事，你的本事也太大了一些吧？"

"他二爷，你是在日本人那里干事吧！日本人有工钱给你没有喔！是给光洋还是给日本票子呵？"

"那日本票子是什么样，二爷你拿出来给我们看看。"

"日本人撒尿你看见了没有，二爷，给说说，是什么样？"

"二爷是来当说客的吧。是想要把我们引出去吧！引出去好让日本人来宰割我们吧！"

……

尽管仍然"礼性"地喊着"他二爷""二爷"，但所有的"礼性"里都是充满了鄙夷和嘲笑。

尽管为"礼性"所碍，没有对二爷做出过火的行动，但二爷在他们的心目中，已经基本给定了性。

于是对二爷皆不屑。

这些老街的人、四乡的人，尽管真的有些像我那既愚又顽的父亲，但他们在对待名节上，却都称得上"贞烈"。他们不像有的地方，日本人一打进来，汉奸便为数不少。老街和四乡，没有出过一个汉奸！只有二爷一个人，被怀疑为汉奸；十年后，被定为汉奸，但没判刑，只是交群众管制；再十年后，由群众专政的头儿宣判了二爷的死刑。

当时的二爷则是长叹一声，弯着腰，独自往外便走。

我母亲拉着我白毛姨妈的手，也往外走。

这时，那位长辈说话了。长辈不温不火地说：

"他四娘，回来！"

长辈的话声音不高，但我母亲却不由自主地便转了身。

长辈说：

"他四娘，你告诉他二爷，他说要我们出去也可，但得答应我们的条件。他得要日本人签一份保证书，保证我们出去后不受任何憋。保证书上得有日本人的亲笔画押……否则的话，哼，哼！我们就是不出去！"

老街的生命

下 篇

十七

　　小队长的朦胧醉意渐渐地清晰后，他抬起那颗充满知识的头，从天井望了望天空。老街上空的苍穹变成了瓦灰色，有一轮暗淡的月光，从苍穹的缝隙中透了出来，像极度贫血的人那张惨白的脸孔。

　　小队长正想对着那张惨白的脸孔抒发一点诗兴，却突然发现，那张惨白的脸孔不是月亮，而是从瓦灰的苍穹中透出的半个太阳。

　　小队长立即明白原来天不但已经大亮，而且到了下午，太阳正在竭力冲破云层，想再露一次脸后，便隐伏到西山歇息去了。也就是说，老街的烧酒让小队长睡了一个真正的好觉，让他一觉从夜里睡到了第二天的下午。小队长便迅速穿好黄色军装，蹬上钉有铁掌的黑色长统皮靴，挎上指挥刀，然后再次看了看老街的天。在他的头顶上，瓦灰色的高空里，一片片铅色的云在不住地翻滚。

　　小队长开始了他这天的第一句话，他的第一句话本是要喊他的哨兵，可他喊出的却是"雪妮儿"。"雪妮儿"是日文"しょうにん"的音译，是他给他的那条公狗起的名字。

　　小队长的"雪妮儿"一出口，他那条既凶狠如野狼，又老实听话如家狗，却不是狼狗的狗立即到了他面前。这条狗的头又小又瘦，像眼镜蛇的蛇头；两只耳朵大如猪耳，但一煽动起来却灵敏异常；胸部肌肉特别发达，简直像专门受过扩胸训练般地发达；臀部矮而挫实，四条腿坚硬如铁棍。

小队长的这个"雪妮儿"是真正的该狗族的纯种狗，血管里连一滴杂血都没有。

小队长很喜欢他给这条既凶悍无比，又温顺柔腻的狗取的这个名字。他觉得挺美。当他呼唤雪妮儿的时候，不像是叫一条狗，而像在呼唤温柔漂亮的情人。"雪妮儿"字面上的中文意思也很美：像白雪一样美丽的小妮子。其实它的日文意思则一为商人，一为保证人。商人能给他带来利益，保证人能保证他的利益。

小队长的这条狗本是和他一同来到中国的大学同学的。他的大学同学将这条狗送给他时，这条狗并不叫雪妮儿。不叫雪妮儿的狗跟了小队长后，小队长喊雪妮儿时，狗不睬。小队长就不给它肉吃。小队长给它肉吃时必喊雪妮儿，它就成了雪妮儿。

雪妮儿跟着小队长一来到老街，对老街的本地母狗便特别友善，立即表现出自有发情史以来少见的情有独钟。小队长始是采取禁欲政策，一见着本地狗，他的士兵们便开枪射杀，射杀后便拖到伙房开膛破肚，使之成为佳肴，以此来杜绝雪妮儿和本地母狗的来往，但他发现，这比不给雪妮儿肉吃还要为难得多，雪妮儿几乎就要和他反目。他只好实行弛欲政策，命令只准打本地公狗，不准打本地母狗，这让他的士兵们感到恼火，因为要去分辨是公狗还是母狗，才好开枪。但雪妮儿很欢迎他的弛欲政策，待到好容易见着一条本地母狗时，便当着他的面跟母狗交配。这种自古就有的原始举动是那样朴素自然，那样单纯，使小队长不由地跟人相比，觉得人就不如了，特别是他的皇军士兵。但小队长又想到他的皇军士兵，也有着和雪妮儿一样炽烈的情欲，也需要像雪妮儿那样得到松弛，他就对皇军士兵的许多作为予以理解了。只是他希望皇军士兵在他创建模范治安区时，也要像雪妮儿那样朴素自然一点。

雪妮儿来到小队长面前，非常亲爱地在他面前扑来扑去，他就一面抚摸着雪妮儿，一边又喊哨兵，喊哨兵将二爷带来。

哨兵来了，却不见二爷。

小队长便问为何不见二爷，哨兵说二爷不见了。

小队长立时感到恼火，说那么一个完全醉死了的家伙，还能跑了不成？命令哨兵去找。哨兵找一阵，回来报告说还是不见踪影。这时雪妮儿就像知道了主人的意思，立即蹦跳着，表示由它去找，它一定能够找到。小队长就骂一声他的皇军哨兵连狗都不如，再亲爱地在雪妮儿的头上轻轻地拍了一掌，雪妮儿就朝外窜去，哨兵忙端着枪跟在雪妮儿后面跑，小队长也挎着指挥刀跟在雪妮儿后面跑。

雪妮儿窜出老街，直往扶夷江边跑，可到了江边，到了将军墩，它就不知所措了，只是对着江水乱叫。

"跑了，那个蠢家伙就从这儿跑了！"

小队长想到了二爷吃醉酒的那副蠢样，明白自己是上了这个蠢家伙的当。可他不能说是自己上了当，而是对着哨兵就是几耳光。他怪哨兵连个老街的土鳖都看不住。哨兵则边挨耳光，边应着"哈衣"，左耳光扇过来时应着"是"，右耳光扇过去时也应着"是"，全是他没看住那个蠢家伙！

雪妮儿忽地又朝老街后面跑去，小队长就不扇哨兵的耳光了。于是小队长紧跟在雪妮儿后面，哨兵又跟在小队长后面。

雪妮儿沿着街后铺着石板的小道，跑到了那口池塘边。

令人匪夷所思的是，池塘里真的发生了我在梦中所梦到的那种情景：

那只饿极了的鱼鹰，本来并没有发现池塘中的鲇鱼，是鲇鱼的蠕动使它确定那是一个生灵。如果不是饿极，它也许不会做如此冒险之事，因为凭它的经验，它不会不知道已经没有水，而只有泥沼的危险，但它已经顾不得这些了，它从空中"嗖"地向池塘俯冲下去，以迅雷不及掩耳之势朝鲇鱼扑去……

将鲇须伏在泥巴中的鲇鱼，本能地感觉到空中来了危险。当鱼鹰尖钩一般的利爪就要扎进它的苍黑色背脊时，它一个打挺，不仅横着弹开，而且用那横弹着的鲇鱼尾巴，给了鱼鹰头沉重的一击。

饥饿疲乏的鱼鹰未能扎着鲇鱼，自己反而被鱼尾打得头昏眼花，收翅不住，落在了黏糊糊的塘泥中……

非同寻常的雪妮儿，就是奔着干涸的池塘中的鱼鹰和鲇鱼而来的。

这时，一个日本兵跑来向小队长报告，说抓到了一个白毛中国女人！

这个白毛中国女人，就是我白毛姨妈。

我白毛姨妈，正好看见了鱼鹰与鲇鱼在泥塘中的对峙。

当神仙岩中的那位前辈说要日本人画押，他们才肯离开神仙岩后，我母亲和白毛姨妈忙钻出神仙岩，去追二爷。

二爷看似就在前面不远，可我母亲和白毛姨妈怎么也追不上他。我母亲只得喊：

"他二爷，他二爷，你倒是等着我们啊！"

二爷只顾走他的。不答。

我母亲又喊：

"老十二，老十二，你这么乱走，万一正好碰上日本兵怎么办？"

我母亲这么一喊，二爷回答了一声。二爷说：

"我宁可让日本兵一枪把我打死！打死了干净！"

我母亲知道二爷受了有生以来最大的冤屈，但不追上他，又怎么去劝慰他呢？我母亲只得说：

"老十二，老十二，你还是往月亮谷走吧，那条路安全。"

二爷说：

"我走我的，你随我走！"

二爷答完这一句，便已不见了人影。

白毛姨妈对我母亲说：

"姐，他赌气走了，我们怎么办？还是回八十里山去吧。"

我母亲说：

"已经到了这个份上，不能回去哩。还是得跟二爷商量救人的事呢！"

白毛姨妈说：

"二爷是不愿意再和我们在一起了，还怎么商量呢？"

我母亲说：

"你放心，老十二只是一时气闷，他会到月亮谷去的。"

我母亲对二爷就是这般地有把握，她和白毛姨妈索性也不急追了，而是隐蔽地往月亮谷而去。

到了月亮谷，二爷果然正躺在草地上，双眼直瞪瞪地望着瓦灰色的天空。

我母亲坐到他身旁，有点像撒娇地说自己的脚走痛了，累得身子也要散架了，又一夜没睡觉，想逗二爷开口，让二爷说几句宽慰她的话，可二爷不睬，如同根本没听见她说了些什么；我母亲便说你这么大一条汉子，就累成这么一个样子了啊？就连我们这些女人都不如啊？二爷还是不睬；我母亲便扯些碎草，在二爷的眼前晃荡，像逗小孩一样地逗他，可二爷就是不吭声，眼睛盯着那晃荡的碎草，硬是连眨都不眨一下。

我母亲终于忍不住了，说：

"你一个大男人，就听不得那么几句不懂理的话啊？他们怀疑你是汉奸你就是汉奸了啊？那我说讲你是汉奸的人是些猪，那些人就真的是猪了吗？充其量是些猪脑壳！那些猪脑壳还要我带话给你呢，他们要你去和日本人会谈，要日本人画押，保证他们出来后不受憋……"

我母亲这么一说，二爷开口了。

二爷说：

"我不管那么多了，我受了那么大的罪，好心去告诉他们，连句好话都没得着。我也不怪他们，怪也没有用，我只恨了那个鬼子头，和他的鬼子兵，他们不到老街来，我也不会有这些事。我如今只想去拼命，杀死几个鬼子兵证明自己的清白。"

"你赤手空拳，怎么去杀日本鬼啊？"

这回，是母亲用二爷曾跟她说过的话来问二爷了。

二爷说：

"你不是说日本兵有'掉队'的吗？我就去逮那'掉队'的。杀死一个够本，杀死两个赚一条命！"

这话，又跟我母亲曾说过的一样。

母亲说：

"老十二，要逮'掉队'的，我跟你一起去！可神仙岩的也不能不管啊！先救人，再夺枪，这也是你说过的啊！"

二爷说：

"怎么管？你以为日本人还真的会画押啊？你以为日本人画了押就能算数的啊？反正我是不得去干这种蠢事，我才从那里逃出来，那个鬼子头正恨死我了，我去送肉上砧板啊？"

母亲说：

"我也明白是这个理，可万一日本人真的封锁神仙岩，往里面扔炸弹呢，那一洞的人不都得死光？只要他们出来，总还救得一些。救一条命就是造七级浮屠啊！"

二爷说：

"你没听他们说，自有神仙保佑啊？！"

母亲说：

"所以我讲他们是猪脑壳哩！神仙保佑也要看是什么场合哪。神仙也不是万能哪，那七仙女下凡配董永，最后还不是得分开……"

我母亲说这些话本是在宽二爷的心。可这时候，实在稚嫩而不谙世事的白毛姨妈，不该说了几句太天真的话。

156

白毛姨妈说：

"要说会谈嘛，我觉得有一个人倒是合适。"

二爷说：

"谁？！"

白毛姨妈说：

"我啊！"

我母亲立即说：

"你懂什么，少插嘴，到一边去！"

白毛姨妈说：

"你们没听说外国人有好多白毛啊，那西洋人，俄国人，白毛多得不得了。我不也是白毛么？听说日本人对那些外国人不敢怎么样，我这个也像外国人的白毛，他们总要客气点吧。只要日本人画了押，神仙岩的人就会出来，就算日本人再反悔，也不可能像往洞内扔炸弹一样，没路可逃吧……"

二爷连连摇头，只是说：

"去不得，去不得。"

我母亲也说：

"你去不得，你怎么能去呢？"

白毛姨妈接下来的一句话，让我那聪明至极的母亲竟然松了口。

白毛姨妈说：

"姐，你不是才说了救人一命，胜造七级浮屠吗？我要是救了一洞的人，那我这满头的白毛说不定就会变黑了呢！再说我这是去说事，是去会谈，两国交兵，还不斩来使哩！我又可以顺便探听清楚我那侄儿子到底被押走没有啊！我还可以把这个条件提出来，要他们放了我侄儿子啊！"

母亲犯了她一生中最严重的错误，白毛姨妈说顺便探听我大姐的下落，并要他们放了我大姐这句话，令她怦然心动。为了能让我大姐回到她身边来，她起了侥幸之心。

爱子心切和侥幸的心理，使得我母亲竟然同意了白毛姨妈那天真的想法，使得她把自己的妹妹送进了狼群。她只是再三叮嘱我白毛姨妈要小心，小心，要见机行事，能谈得拢就谈，谈不拢自己先脱身，要利用那鬼子头会说中国话，多讲些画押对他们日本人有好处的话。

一世聪明谨慎的母亲，其实和白毛姨妈一样天真，这小心能有什么作用呢？见机行事又有什么用呢？甚至还真的幻想日本人画押，她和神仙岩里的老百姓又有什么区别呢？

尽管二爷坚决反对，但我白毛姨妈还是踏上了这条不归之路，并且被折磨得太惨太惨，令人不忍心提及。

日本兵向小队长报告抓到一个白毛中国女人时，我白毛姨妈大声说：

"我不是被你们抓到的，我是来和你们说事的！"

我白毛姨妈这么一叫，那条将小队长引到池塘边，名叫雪妮儿的纯种狗，立即前肢往前一屈，后肢往后一蹬，对着我白毛姨妈，往上一扑，它那很像蛇头的狗头略一偏，很准确地对准了我白毛姨妈的脖子。只要小队长略一示意，它就一口咬断我白毛姨妈的喉管。可是小队长没有示意，小队长只是眯缝起那双不知道是不是近视的眼睛，盯着我白毛姨妈，像看怪物一样地看了一阵，然后很潇洒地一挥手，要雪妮儿和他的士兵松开我白毛姨妈，并要我白毛姨妈站到他身边。

我白毛姨妈并没有被雪妮儿这条狗吓住，因为乡里见狗见得太多。虽说狗仗人势，但狗也最看主人的脸色，没有主人的命令，它是不敢咬人的。

我白毛姨妈对小队长说：

"你就是那个司令官吧……"

小队长打断我白毛姨妈的话，说：

"你不管有什么事，现在都不要提，你先和我一起看看那泥沼中有趣的事物。"

于是，我白毛姨妈看见了池塘中鱼鹰和鲇鱼的搏斗。

陷入泥沼中的鱼鹰想重新振翅往上飞，再作突袭，可它的双足陷进了淤泥中，它又没有力量将双足从淤泥中拔出，更不幸的是，它每一蓄足力量往上挣扎，双足反而往下陷得更深。

我白毛姨妈看见鱼鹰在为自己的命运奋力抗争。

其实，鱼鹰也许正在为自己的失算而懊丧，它太轻视了对手。它以为凭它的拼力一击，就能将鲇鱼掠为腹中美食，而结果呢？它自己反而陷入淤泥而不能自拔。但鱼鹰毕竟还是鱼鹰，鱼鹰有过辉煌的过去，它曾经要捕捉哪条鱼，哪条鱼就跑不脱，它有钩形的利嘴，它有长而锐利的脚爪，它全身武装到了嘴和脚。可没想到一口贫瘠而又干涸的池塘，令它陷入了绝境。

白毛姨妈看见淤泥已贴着了鱼鹰的腹部。

鱼鹰并未甘心自己就这样被陷入淤泥中，或眼巴巴地困死，或活活饿死，或成为他人的囊中之物。它那双鹰眼仍凶狠狠地盯着近在咫尺的鲇鱼，它仍然在想着要如何将鲇鱼捕获，饱食一顿后恢复了精力，再重新飞回它的王国。

黑色的鲇鱼不知道在想什么？白毛姨妈只看见那条鲇鱼仍继续在不停地蠕动。

鲇鱼似乎一点也不理会鱼鹰的鹰视眈眈。它只顾研磨着身下的泥巴。它时而将鱼头上抬，身子和尾巴狠狠地旋转着；它时而将鱼尾上翘，身子和头部左刮右荡；它时而将全身淹入刮得越来越稀的泥浆中，不停地转动。它似乎只是想钻到泥浆中去，凭靠泥浆掩蔽自己，把自己藏起来，让凶狠的敌人无处寻觅。

当白毛姨妈正想着可怜的鲇鱼只能消极躲避，毫无还击之力时，任何人也想不到的事情发生了。鲇鱼掉转了身子，以尾巴对准鱼鹰，蓦地，尾巴急速而又有力地拍打起来，已被它研磨好的泥浆顿时飞溅着向鱼鹰射去。

鲇鱼射出的泥浆如阵阵弹雨，准确而沉重地击打在鱼鹰的头上、身上。

鱼鹰防不胜防也无法可防，鱼鹰的眼睛被泥浆射中了，糊住了。鱼鹰想抹去蒙住双眼的泥巴，可它根本就别想抽出一只脚爪来。

我白毛姨妈简直看呆了，她似乎完全忘记了自己的处境。当然，她就算时时为自己的处境小心，那也是白搭，她还不如不在意自己的处境呢。反正她当时看得啧叹连声。不知她是为鲇鱼勇猛而又巧妙的还击赞叹呢，还是为鱼鹰的束手无策嗟叹，抑或是为二者最终免不了同归于尽而悲叹。

瓦灰色的云笼罩着的老街，干涸而又深邃的池塘，鹰与鱼的搏击，捕获的欲望和自卫的本能。倘若立时有一场大雨袭来，将陷住鱼鹰的淤泥冲开，鱼鹰就能得救。鱼鹰离开险境后，它还会不会去捕食鲇鱼呢？它如果仍要去捕食鲇鱼，鲇鱼也许早就借助雨水逃遁了。

白毛姨妈这么胡乱地想着时，小队长说话了。小队长说：

"小姐，这儿很美，是吗？"

我白毛姨妈听这个鬼子头称她为小姐，并不觉得意外，因为她很小很小的时候，当人们以为她的白毛还会变成黑毛的时候，因为我外祖父是教书先生，所以她是的确被称过小姐的。尽管那小姐的称呼随着她年龄的增长，代之的是异口同声的"白毛"，而再没有人喊她小姐，但小姐在她自己的心灵中，却是永远不会忘记的。此刻，她被小队长这么一喊，便觉得小队长并不像二爷说的那么凶狠，而是很有点可亲了。

白毛姨妈没去回答美不美，只是着急地叫着：

"哎呀，它们都会死的，都会死的。"

小队长大概觉得我白毛姨妈挺有意思，便说：

"小姐是说池塘中的鹰和鱼吗？！小姐真是多愁善感啊！"

小队长一面说着，一面脱掉了黄色军衣，卸掉钢盔，并将指挥刀也交给了士兵。

白毛姨妈眼前的皇军小队长，是一件白色衬衣扎在黄色马裤里。如果不看他的马裤和钉有铁掌的长统马靴，简直会以为他是一位正在修业攻读的书生。

白毛姨妈想起了我母亲的嘱咐，要见机行事，她得趁着这个鬼子头似乎还很和善时，把她来的使命说出。

白毛姨妈正要开口，小队长却又先说开了。他说小姐你这么单身一人，幸亏是来到了我的模范治安区，我对皇军士兵的要求很严，所以你才能来到这个美丽的池塘边，站在这么富有艺术情调的地方，为鹰和鱼惊叹。否则的话，你就算是大门不出二门不迈，只怕也要遭受战争的蹂躏。战争，这是没有办法的……

小队长说：

"你很关心池塘中的鹰和鱼，我就和你说说鹰和鱼。和一个小姐讲话总是很愉快的。不管她是白毛还是黑毛。"

小队长说鹰实施的是突袭战术。鹰一贯如此。鹰是很凶猛的鸟类动物，也可以说是鸟类的首领、国王、统治者、强盛者。而池塘中的鱼是软弱者，是没有丝毫攻击能力的，所以这条鲇鱼应该被鹰吃掉……

白毛姨妈完全没有领会这位高才生小队长的意思，她指着池塘说：

"可你说的鹰，此刻正陷入泥沼之中，而且正在越陷越深，面临着比鲇鱼更先死去的危险。"

"这条鲇鱼使用的是泥沼战术。"小队长说，"鱼鹰一时上了当。怎么，小姐不喜欢鹰？不崇尚勇武？而可怜那条只会钻泥巴的黑鲇鱼？"

白毛姨妈仍然认真地说：

"鲇鱼也是动物啊！鱼鹰在山川，鲇鱼在塘中，谁也挨不上谁，本来应该是相安无事的，可现在呢，那只鹰眼看着就不是鹰，那只鹰就要被泥沼淹没了。"

白毛姨妈的话应当没有别的什么意思，可小队长却敏锐地觉察到了她这是话外有音。他说：

"好吧，小姐，我要让你的话立即成为泡影，我把鹰和鱼全部抓上来，我立即放掉鹰，让它飞上天空，飞回山林，再用那钩一般的嘴和剑一般的爪去捕食比它弱小的动物。而那条鱼呢，我把它往青石板上一摔，就完了。小姐你就再也不会认为它还有生命了。"

小队长将右手弯曲着往后一招，说道："雪妮儿，去把鹰和鱼统统地给我叼上来。"本来领着小队长来的，此刻却匍匐在青石板路上的雪妮儿便呼地窜下池塘。

小队长没想到的是，他那亲爱的雪妮儿也陷入了泥沼。

如果用小队长那离不开争战的语言背景来说，鲇鱼选择的地段简直是太富于战略保护意义了。那完全是一块干涸的池塘中唯一的沼泽地。

雪妮儿拼命挣扎，刚拔出前面的狗脚，后面的狗脚又陷了进去。雪妮儿扭转像蛇头一样的狗脑袋，猗猗地叫着，向主人求援。

小队长看着顿时显得可怜之至不断悲鸣的雪妮儿，又瞧瞧我白毛姨妈。

我白毛姨妈看着陷在泥沼中拼命挣扎的狗，尽管这条狗在刚一见到她时，就要将她的喉管咬断，但还是觉得非常可怜，她忙对身后的日本兵说：

"你们快去把它救上来啊！那是你们自己的狗，快去把它救上来啊！"

几个日本兵皆脸色木然，无动于衷，他们只是在等着小队长的命令。

小队长的脸上已经罩满杀气。可怜我那白毛姨妈尚全然不知，她见日本兵不动，便准备自己跑下去，跑下去将那条日本狗救上来。

我白毛姨妈朝池塘跑去，但只跑了几步，又停住，回过头来，大概还是想征得小队长的同意。因为那毕竟是人家的狗啊，你就算是去救狗也得人家同意啊。她一回头时，看着了小队长的脸，小队长那完全变了模样的脸，使得我白毛姨妈的双腿立时颤抖起来。

当我白毛姨妈朝池塘跑去时，那陷在泥沼中的雪妮儿，一见是个中国女人，立即又狂吠起来，凶狠地要朝我白毛姨妈扑来。这条被小队长喂养、调教出来的狗，大概是想再一次在它的日本主人面前，显示其同样有武士道精神的犬性。可它没想到的是，这一凶狠地猛挣，立即使它陷入了灭顶之灾。泥沼，迅速淹没了它那像蛇头一样的狗脑袋。

小队长罩满杀气的脸立时变得铁青，他从一个士兵手里抓过三八大盖，瞄准那只已快被泥沼淹没的鱼鹰，"砰"的一枪，将鱼鹰击毙在泥沼中。小队长接着便去瞄那条鲇鱼，可泥沼中已不见鲇鱼的蠕动。小队长将手一挥，几个日本兵一齐端起枪，对着那块"沼泽地"乱枪齐发……

"砰砰砰砰"，子弹从我白毛姨妈的头上、身旁射过去，打得"沼泽地"里的泥浆迸起好高。

那条鲇鱼究竟被打死没有，不清楚。我白毛姨妈则已吓得用手捂住耳朵，瘫坐在地上。

小队长吼了一句：

"没用的东西，统统的干掉！"

小队长的这句话里，已经包括了我白毛姨妈。

如果仅仅只是一颗子弹，如同打死那只鹰，打死那条鲇鱼一样，将我白毛姨妈打死在池塘边，那我白毛姨妈还算是幸运的。可小队长并没有下令立即将我白毛姨妈打死，而是交给了他的士兵。

我白毛姨妈的惨叫声，在干涸的池塘上空，久久不能散去。

我白毛姨妈的惨叫声中，还有着"我是来说事的，我是来说事的啊！"的哀求。

在这条青石板路边，在干涸的池塘边，日本兵排成队，将我白毛姨妈轮奸得昏死过去。当我白毛姨妈又被用嵌有铜扣的军裤皮带抽醒过来后，一把利刃，插进她的心脏，再旋转着，挑出了一颗尚在蹦跳的心。

我白毛姨妈那双美丽的眼睛仍然大瞪着，望着老街的上空，但她那双美丽的眼睛很快就不见了，跟随而上的皇军挖掉了她的双眼，砍掉了她的胳膊，割下耳朵和鼻子，又在她脸上来来回回地用刺刀一顿乱划，而后在一片淫笑声中，皇军们对着她那苗条的身子撒尿。最后，一个皇军双足踏上她的胸脯，踩踏着转圈，转了几圈后，将一只脚踏到地上，另一只脚踩住她的双乳，斜割一刀，把头切了下来。

文科高才生小队长，自称研究大东亚文化的小队长，这个自小在课堂上就吃过中国烟台苹果、不知道该不该算日本人民中的一员，提着我白毛姨妈那颗布满白毛的头，旋转了几圈后，扔进了干涸的池塘中的那块"沼泽地"。

片刻后，老街上空似乎响了声沉闷而又喑哑的炸雷，尚存的几条野狗立时惊慌地悲吠了几声。然后又是一片如密封棺材般的寂静。

十八

我母亲在这个干涸的池塘中，找着了我白毛姨妈那被挖去眼睛、割去鼻子、割去了耳朵的头，并且在青石板路边，找着了我白毛姨妈那被剜掉心脏、没有胳膊而又光着的身子。

也许有日本人会说，那没有眼睛、没有鼻子、没有耳朵的人头，你母亲怎么就能断定是她妹妹，是你的姨妈呢？如果有人这么说，我也可以理解，因为在这么一个偏僻的山区，一颗没有眼睛、没有鼻子、没有耳朵的人头，又怎么能证明就是你母亲的妹妹呢？可是说这话的人有一点没有想到，那就是这颗没有眼睛，没有鼻子，没有耳朵的人头上，却有着满头的白毛！而青石板路边那具没有人头、没有胳膊、连心都被剜去、光着的女人身子的肚脐下，有一颗显眼的黑痣。那颗黑痣，我母亲是再清楚不过了的。

我母亲当场晕了过去。

我母亲之所以来找我白毛姨妈，是因为她和二爷在月亮谷等啊等，等了整整两天，不见我白毛姨妈的踪影。二爷断定，我白毛姨妈是难得回来了，我母亲却总还抱着一线希望，说她妹妹那么灵泛的一个人，总有办法脱身的。直到我母亲带在身上的剩饭团子全部吃光，她还认为，我白毛姨妈是不是回到八十里山去了。

我母亲要二爷和她一同到八十里山去看看，开始二爷不肯去，说你一个人先去看看吧，我还在这里等你。我母亲知道他是怕引起我父亲的怀疑，但她在这个时候，已经感到离不开二爷。她心里清楚，我白毛姨妈已经是凶多吉少，但只是不愿说出那可怕的字眼而已。她连唯一可以依靠，可以帮她拿点主意，可以跟随她一起行动的妹妹都没了，她怕到时候又找不着二爷，那么在这已经失去妹妹、已经失去大儿子的非常时期，她就太孤独了。她已经开始害怕孤独，这个"孤独"不是说她身边没有人，因为她还有我父亲，还有我，还有我那小三弟，而是没有一个可以与之商量，能够出主意的人。于是我母亲把那双有着深深双眼皮的大眼一瞪，对二爷说：

"我就是要你跟我去！你必须得跟我去！到了这个时刻，我那驼四

165

爷他要真敢怀疑什么，我就要真和你做出些事来给他瞧瞧，免得白担了罪名。"

我母亲这么说了后，二爷仍然犹犹豫豫，嘟哝着说：

"这何必呢，何必呢！何必让你多出些事来呢！"

我母亲见他还是这样没有气概，转身就走，只丢下一句话。

我母亲说：

"你要不跟我去，以后你就再也不要见我！"

二爷跟着我母亲到了八十里山，进了我白毛姨妈家。

我母亲只问了我父亲一句话，就是问白毛姨妈回来过没有？我父亲的回答当然又是啰啰嗦嗦，大意是她跟着你出去的，现在又来问我，我怎么知道，我反正没看见她的人影。

母亲不等我父亲啰嗦完，便走进我白毛姨妈的柴屋，找出两把砍柴刀，"咣嚓"一声，丢到二爷脚下，说道：

"老十二，外面有块大磨石，你给我把这两把柴刀磨快了，越快越好！"

二爷应了一声，拿起柴刀，走到那条淌着清澈水流的水道旁，在大磨石上"咔嚓咔嚓"地磨起来。

母亲则走进厨房，动手做饭。她煮了老大一锅，煮得又干又硬。

我父亲本来是要说二爷的闲话的，可他也会观阵势，他瞧着今儿这阵势不但异样，而且异样得有点令人可怕，特别是二爷磨柴刀的架势，和柴刀在磨石上发出的"咔嚓咔嚓"的响声，使得他缄口不语了。

我站到二爷身旁，问二爷磨柴刀干什么，是不是要帮我们去山上砍柴？二爷回答说，你母亲自有安排。

我父亲走到厨房门口，看了看我母亲。我母亲坐在灶门前，灶膛里柴火吐出的火舌映着母亲那铁青的脸。父亲明白是我白毛姨妈出了事，但他不敢再说什么，而是悄悄地走到外面，对我说：

"老二，去帮你妈妈添柴。"

二爷将柴刀磨得雪亮，他拿一束枞毛须，往刀口上一搁，枞毛须便齐崭崭地断成两截。

我母亲做好饭，喊我们都来吃。吃饭时，我父亲才小心翼翼地问了一句：

"他四娘，你们这是要去干什么呢？"

我母亲回答说：

"兔子要咬人了！兔子也非咬人不可了！"

父亲便不再问，而是对二爷说：

"你老人家多吃一点，多吃一点。"

吃完饭，母亲对二爷说：

"老十二，你到他四爷的床上去睡一觉，到时候我喊你起来。"

父亲表现得大度了起来，也连忙说：

"对对对，你老人家快去好好睡一觉。"

母亲将一大锅子的剩饭全部做成饭团，放在筛子里晾着。

晾完饭团后，母亲拿起二爷磨快的柴刀，又试了试锋口，然后找出两根绳子，将一根绳子捆在自己的腰上，将一把柴刀插进腰间的绳子，活动了一下手脚，霍地将柴刀从腰间拔出，对准一根树叉劈去。

树叉被母亲的柴刀劈了下来。

母亲这才放下柴刀，解开腰间的绳子，走进堂屋，要父亲将我三弟抱来。

母亲在三弟脸上使劲地吧了一口，将衣襟扣子解开，露出洁白而又饱满的奶子，把奶头塞进三弟的嘴里。

母亲一边喂三弟，一边说：

"崽啊，你多吃点啊，吃饱啊，从此以后，你就真的要断奶了哪，娘不会再喂你了哪！"

母亲让我三弟吃完左边的奶，又吃右边的奶。直吃得三弟不肯再吃，才将三弟交给我父亲。

母亲突然笑了一下，对我说：

"老二啊，你也来吃口娘的奶不？"

我不懂母亲的心思，我更不知道母亲这是抱定了必死的决心，要去找我白毛姨妈，要去和鬼子拼命。母亲想着她也许是回不来了的，所以她也要我去吃一口她的奶。

我已经知道害羞。我连忙往后退。我说：

"妈妈，那是给三弟吃的，我已经长大了，我不吃奶了。"

母亲说：

"我的儿子懂事了，儿啊，那你就拢来，让娘亲一亲你，你来跟娘打个啵。"

我竟然还有点害羞。母亲站起来，像抓小鸡一样，一把抓住想躲开的我，母亲将我抱起，往上举了一下，而后放下，将我夹在她的两腿间，在我脸上一顿狠亲，打啵打得山响。我根本就动弹不得，我感觉到母亲的确有很大的力气。

母亲在我脸上打啵时，我觉得有泪水掉在了我的脸上。

我挣扎着说：

"妈，你怎么哭了？！"

母亲松开我，一边抹眼泪，一边说：

"没有哩，我是高兴，高兴我的儿子懂事了哩。"

母亲要我出去玩，说她有事要和我父亲说。

我走了出去，但并没有走远，而是躲在堂屋的门后，我听见母亲对父亲说：

"他四爷，你本也是个聪明人，你知道我这次要和老十二出去干什么，白毛她肯定已经遭了毒手，那全是我的错，是我害了她，我要去把她救回来，救不救得回，我自己还能不能回来，那全都是看命了。"

父亲大概想说几句宽慰的话，但母亲立即打断了他：

"这个家，以后就全靠你了，你要把崽带大，带大后告诉他们，他娘是怎么没回来的；还有二爷，你以后如果见不着二爷，也要告诉他们，二爷是一条真正的汉子，他是为了帮我！老大也许还能回来，也许很难说，反正我们至少还有两个儿子，都是儿子！他们长大后，要他们学杨家将，誓死守三关，不让外国人打进中国来！要他们为母报仇！为姨妈报仇！也为他二爷报仇！还有，为所有的老街人报仇！"

父亲仍然想说什么，母亲又打断了他：

"他四爷，你什么都不要说了，我也要去睡一下了。我们走时，不会惊醒你和儿子，你记住我的话，我们就不枉为夫妻一场了。"

我母亲和二爷各自将那磨快的柴刀别在腰间，揣着剩饭团子，于凌晨离开了我们。

当他们快到老街时，看见老街燃起了熊熊大火。

一间紧挨着一间的铺子，全被皇军小队长下令放火烧毁。

这位高才生皇军小队长既然要创建他的模范治安区，为什么又突然焚烧老街呢？

诚如我在前面所说，他们所做的一切灭绝人性的事，是不需要任何理由，也难以为他们做出任何解释的。

如果硬要找什么原因的话，那么从心理上来分析，那只陷进了淤泥而不能自拔，令小队长丢了面子的狗——他那亲爱的雪妮儿，是使得小队长火烧老街的原因之一。

因为那条没能将鱼鹰和鲇鱼叼上来的狗，小队长在我白毛姨妈面前未能实现他所说的话，即他要将鱼鹰放飞，让鱼鹰重新去捕食弱者；将鲇鱼摔死，宣告它不再存在。就为了这，脱掉黄色军服，露出白衬衣，显得文质彬彬的小队长蓦地变了脸色，以轮奸、剜心、挖眼、割掉耳、鼻、剁掉胳膊、砍掉脑袋，来处置我那要替他将他的雪妮儿救上来的白毛姨妈，最后将我白毛姨妈的头扔进池塘的"沼泽"地方告罢休。

他回到他的"司令部"后，身边没有了雪妮儿，那条被他起名为雪妮儿的狗死了，不见了，他觉得少了些什么东西，少了他那条最亲爱的狗，而我白毛姨妈的惨死，并没有完全消除他的心头之怒，他就要火烧老街，来发泄他少了一条狗的火气了。

当然，还有一种说法，说这个鬼子头是为了逼神仙岩的老百姓回来，所以火烧老街。

"我将你们的房屋全部烧了，看你们回不回来？"

然而，这一说也值得怀疑，因为老街的铺子里多多少少还是有些吃的东西，他将这老街全烧了，他们皇军吃什么呢？

小队长自有办法，他连自己那所谓"司令部"的铺子也烧了，将"司令部"扎到乡里祠堂，命令皇军四处去抢！

去抢东西的皇军大都是以两人为一组，也有单兵一个人行动的，每一组，或单兵，各走各的，见着活的东西就打死，能吃的东西就往祠堂里背。

小队长宁肯命令他的皇军四处去抢，也不要老街尚存的东西，由此可见，说他烧老街是要逼迫神仙岩的百姓回来的说法，也是站不住脚的。

他只有一点，那就是要老街不复存在！

那么，他为什么又不立即向神仙岩进军呢？这也是无人能说得清的。但如果以为神仙岩的老百姓就此躲过了一劫，那就是大错特错了。

老街变成了一片废墟。只有那高达一二米的鹅卵石基脚，仍然存在，火烧不毁，只是被烟熏成一片黑色。

鹅卵石基脚无法毁掉，每一家铺子的基脚仍然存在，铺子与铺子的分界仍然存在，后来的老街，就是在这个基础上重新建立起来的，且连产权纠纷都没有。这是小队长和皇军们没有想到，也不会去想的。

老街，他们其实是无法毁掉的！

看着老街的冲天黑烟，二爷问我母亲还进不进去？我母亲回答说：

"当然得进！找不到人也得找到她的什么东西。如果没找到她什么东西，那就说明她还活着。"

母亲说的什么东西，其实是指我白毛姨妈的尸体。

二爷当然明白，他说：

"我是怕那些东西已经全被大火化了呵。"

我母亲说：

"不去找一趟总是不甘心！"

二爷说：

"那我走前头，你在后面跟着，隔远一点，万一的话，你就先跑，别管我！"

我母亲说：

"既然来了，就不打算跑的！再说，鬼子头和鬼子兵，他们就不怕火烧啊？！他们肯定已经换了地方！只管进去！"

二爷还是要我母亲跟在后面，他打头阵。

二爷领着我母亲从街后的青石板路走，到了那口干涸的池塘边，看见了我白毛姨妈那颗披散着白毛的人头……

我母亲晕厥过去后，二爷左手掐着我母亲的人中，右手将我母亲抱起，抱到塘墈下。

二爷一边掐着我母亲的人中，一边喊着"芝芝，芝芝"，终于使得我母亲醒了过来。

母亲醒来后的第一句话，就是"兔子要咬人，兔子非咬人不可了"！

她挣开二爷抱着她的手，站起来，从腰间抽出柴刀，发疯一般地就往老街冲。

二爷从后面一把箍住她，二爷这一箍是连同她的双手箍一起住，二爷怕她手中的柴刀乱砍。

二爷认为我母亲可能中了急心疯。

可我母亲清醒得很。我母亲说：

"老十二，你松开不？你不松开我就不客气了哪！"

二爷忙说：

"我知道你现在是要去跟鬼子拼命，可你也得先将你妹妹埋了啊！你总不能让她身首两处啊！"

二爷的这句话起了作用。

我母亲和二爷用柴刀，在塘塥边刨了一个坑，将我白毛姨妈那被剜去了眼睛、鼻子、耳朵的头和她那被刁去心、剁掉胳膊的身子，放进坑里。二爷正要填土时，我母亲要他等等。我母亲又到四周去寻，看能寻到我白毛姨妈的胳膊不。

我母亲寻了又寻，什么也没有找到，她拿来两根树棍，作为我白毛姨妈的手臂，用两颗石子，作为我白毛姨妈的眼睛……

我母亲单腿跪地，对着我白毛姨妈说：

"妹妹，是我害了你。你姐姐在这里对你发誓，你姐姐要是不能替你报仇，不能亲手宰了那个鬼子头，你姐姐就来这里陪你！你姐姐若是能够替你报了仇，我再将你好生厚葬，看你是愿回八十里山去，还是在这老街，到时候你就托个梦来……"

二爷填土时，想着我母亲会嚎啕大哭，可是我母亲并没有哭，她那双有着深深双眼皮的眼睛，只是红红的充满了血丝。

草草安葬完我白毛姨妈后，二爷对我母亲说：

"芝芝姑娘，我有句话要对你说，你得听我的。"

我母亲说：

"喊芝芝，从今开始你只管喊！有话你也只管讲，只要讲得在理，我都听你的。"

二爷于是说出了不能去硬拼，只能去逮"掉队"的鬼子兵的话。我母亲已经冷静下来，她只是提出了一个问题，要如何才能杀得到那个鬼子头？她必须亲手杀死那个鬼子头！

十九

现在该说说我大姐了。

小队长接到押挑夫运送物资往广西的命令后，将我大姐也编入了挑夫行列。大概他抓到的人本来就不多，将酷似男孩的我大姐放进去充数。这样从老街出发的挑夫约有十一二个人，其中有我大姐，曾跟着二爷疏通扶夷江中尸体还剩下来的那几个人，以及另外抓的两个。

押送挑夫的是一个分队，十来个日本兵。后来我大姐和挑夫们在路上看到的，都是由一个分队押着十多个挑夫，日本兵皆是以分队为一行动组，各个分队之间似乎并无紧密的联系。

押着我大姐的这个分队长，却有一把和小队长一样的指挥刀。这就给人以两种猜测，或者叫两种可能：一是这个分队长也许本来就是个小队长，他是和那位高才生小队长同时驻扎在老街的，而那位高才生小队长趁着要押送挑夫之机，将他从自己身边挤开。二是走到路上，押送我大姐他们的换了一个分队，来了位小队长。但第二种可能实际上是不可能的。因为从一出发，就是这个挎着指挥刀的在押着我大姐他们。而据后来活着回来的挑夫说，分队长绝不可能挎指挥刀，凡是挎指挥刀的，最小都是个小队长。

以此可见，日本皇军下级军官之间也相互倾扎，并不是像宣扬的那样惟命是从，一丝不苟；而且他们的队伍建制已经不足员。

在他们往广西的途中，就我大姐和挑夫们亲眼所见，根本就没有什么锐不可挡之势，而是相当涣散，涣散到什么程度呢？用我大姐的话说是，只要有胆大的，就能将他们干掉！而且真是好打不过。也许又会有人说，这可能不是他们的主力部队吧。这就无从得出正确的答案了。就连新修县志上也没有载明，这些日本鬼子到底是属于哪支日本部队，到底是主力部队还是非主力部队。其实不管是主力部队，还是非主力部队，只要有在路上打他们埋伏，或拦截的中国部队、地方游击队，都是不难将这支日本部队打垮，甚或消灭。

至于那个挎指挥刀的，我大姐反正就把他当作是小队长。

正如我在前面所说，日本兵对挑夫是按年纪来分等级的，对待年纪越大的，他们越凶残。当我大姐他们被命令排成一横行时，这个挎指挥刀的小队长用眼光在他们中间搜寻着，非常准确地看中了这批挑夫中年纪最大，已有五十六岁的刘茂生。

这个小队长立即喝令五十六岁的刘茂生去挑那担最重的，那担子中却又没有什么要紧的东西，是些既不能吃，也不能用的东西，他们随便拿着什么就往那担子上堆，非要堆得让年纪最大的人挑起来双腿打颤才罢休。

这个小队长和他的士兵没有一个会说中国话，他们能让这些挑夫听懂的，的确就是那"八嘎呀路""咪西咪西"和"花姑娘塞古塞古"这么几句。而就连这几句，也还是猜出来的。刘茂生自然听不懂鬼子的话，惶惶然不知所措。小队长便将手一挥，一个鬼子就走上前去，一把将刘茂生推到那副最重的担子面前，用刺刀逼着他挑上肩。然后又由小队长按他看出的年纪大小点人，依次往下减重量，越被他点到后面的担子越轻。最后轮到我大姐时，似乎不知道要我大姐挑什么好，那个小队长便霍地走到我大姐面前，将他头上那顶钢盔取下，猛地扣到我大姐背上。

这个小队长将钢盔猛地往我大姐背上一扣，虽然扣得我大姐背上生痛了好几天，但我大姐就等于是背着一个钢盔的小挑夫，别的什么也不用挑了。

日本兵的所谓押挑夫运送物资，你如果真的从"运送物资"这个概念上去理解，那你就会认为他们是些疯子。他们出发时，不管有不有用的，反正让你挑上一大担，而走着走着，他们将这些东西全扔了，不要了，重新去抢！重新抢来的东西也不管是不是有用，反正得凑上那么多，让挑夫挑着，只是对于老年人肩上的重量，那是绝不会减轻的。反正你无法理解他们的行为，不能用正常人的思维去解释。他们纯粹是折磨人，首先是将老年人折磨死。五十六岁的刘茂生，就是第一个倒在路边的，当时他并没有死，只是被重担压得吐血，摔倒在地；刘茂生摔倒在地时，是面朝下扑倒在地的，日本兵就一脚将他踢翻过来，再狠狠地在他心口踏上一脚。那一脚踏上去后，并不是立即挪开，而是重重地在他心口上转着圈儿研磨，直至将他研磨到两眼翻白，然后骂一声"八嘎"，换另一个年纪大的去挑那担最重的……

这些日本兵抢东西是两人一起，甚或单独一人，押着两三个挑夫，凡见着猪牛等大牲畜，一律开枪打死；见着鸡鸭鹅等，则将枪扔到一边，很有兴趣地赶着去抓，实在抓不到的，再拿枪打；进到老百姓屋里去抢东西时（老百姓基本上早已跑光），也是将枪丢在外面，为的是腾出一只手，好多拿些东西。所以我大姐说，他们在抢东西时，只要有胆大的，立时就可以缴获他们的枪，将他们打死。

日本兵将抢来的东西塞进担子，再由挑夫挑着，他们则放一把火，然后扛着枪，或去另一家，或打道回宿营地。

我大姐他们是沿着扶夷江往上，到了县城，却又不进县城，而是往广西全州走，走的是八十里山的茅草路。所谓茅草路，是从茅草中踩出来的一条路。虽说我白毛姨妈家正在八十里山中，其时我父亲、我、我三弟，都在白毛姨妈家，但八十里山那么大，这条茅草中踏出的路，其实离我白毛姨妈家还远得很。

这条茅草路，在我大姐的记忆中留下了深刻的印象，因为她一路想着的就是逃跑，她得记着走过的路，好顺着原路回来。

他们通过八十里山，进入了广西。

一进入广西，押着挑夫的日本兵群越来越多。一路上到处都是倒毙的老百姓尸体，挑夫中则不时有人倒下去，倒下去后便再也不能爬起。

到了全州，这个日军分队在一个山脚下的民房中扎了下来。这一扎，竟一连五六天没有行动。

我大姐这个挑夫队列，已经只有六个人了，他们被关在一间屋子里，不准出去。日本人拿了这家逃跑农户的一个澡盆，塞进屋子里，作为挑夫们的马桶，屙屎屙尿都在其中。

解手的问题，成了我大姐隐瞒自己真相的最恼火的问题。好在挑夫们都只在为自己的命运担心，谁也不会去注意她解手。我大姐一方面是拼命忍着，尽量不解小手；一方面是趁人不注意时，赶快往澡盆前一蹲。后来一个逃回来的挑夫将他所知道的我大姐的情况讲给我母亲听时，待到我母亲终于不再喊儿子，而是放声痛哭女儿时，他才想到我大姐的一些异样，喃喃地说，原来是个小女子呵，是个小女子呵……

被关在屋子里的人吃饭则是由日本兵用一个潲桶提进来，饭上面罩着一大捧生辣椒。日本人大概是知道了他们爱吃辣椒，就故意给些生的。对于这些挑夫们来说，此时只要有生辣椒，也是美味，可总得有点盐啊！而盐，又是干体力活的不可或缺之物。

一个挑夫对我大姐说，你是小孩，你好说话一些，你去问他们要点盐喽，这没有盐吃，又要挑着担子赶路，会死得更快。我大姐一直在思谋着如何逃走的事，一听说要她去问日本人要盐，她想，正好借这个机会，试探试探日本人对她这个小孩是不是宽松一点，我大姐便用拳头去捶那扇从外面锁着的门。

一个日本兵走过来，将门打开，很凶的呵斥着。我大姐反正也听不懂，便一边说着要点盐来搅拌生辣椒，一边打着手势，做着生辣椒很辣，没有盐，实在是吃不下，辣得直吐舌头的样。我大姐又说，这盐反正也不是你们的，是这家农户的，你就让我去拿点吧，我去拿点盐来"咪西咪西"。我大姐说的话，这个日本兵当然也听不懂，但他被我大姐做出那副辣得吐舌头的样子逗乐了，且有"咪西咪西"的话在里面，他就朝着伙房一指，要我大姐去，他则在后面跟着。

当我大姐将盐罐子拿到手上时，日本兵哈哈大笑，叽里咕噜说了一大串，大概是说，喔，原来是盐呵，小孩你要生辣椒蘸盐吃呵⋯⋯

我大姐又打着手势说，你也来吃吃我们这生辣椒拌盐啊，我请客，请你"咪西咪西"生辣椒的干活。日本兵更乐了。

我大姐和挑夫们吃着生辣椒拌盐时，日本人就从窗户往里瞧，大概觉得挺有趣。

看多了吃生辣椒拌盐，日本兵又不感兴趣了，可他们对我大姐说，小孩你可以出来跟我们玩，但不准走到外面去。我大姐也是从他们的手势中猜出这个意思的，她那灵泛的小脑袋一转，便打着手势说，我去帮你们煮饭，帮你们烧火，帮你们去砍柴。日本兵大概觉得和小孩说这种哑谜似的话有味，就让我大姐到伙房去，但说她煮饭的不行，只能烧烧火。

我大姐便当起了小小的火头军，她的胆子越发大了，经常故意找日本兵"打哑谜"。渐渐地，日本兵对她的看管很松了。有时就让她一个人呆着玩。我大姐寻思着机会来了，该跑了。

这天晚上，我大姐对关在一起的挑夫们说：

"伯爷、叔爷，我们一起被抓来的，已经死了六个，再这样下去，谁都难说，我们还是想办法逃吧！"

我大姐的话一出口，一个叔爷或伯爷就说：

"逃不得，逃不得，被抓着了立刻就会遭枪毙。"

另一个叔爷或伯爷则叹一口气，说：

"怎么逃呵？他们看得那样紧！"

我大姐说：

"趁日本人押着我们去抢东西时逃啊！那是最好的机会，他们连枪都丢在地上……"

"那也逃不得，逃不得，我们在这里人生地不熟，你逃出这个村，逃不出那个庄。还不如跟着他们走，等到他们不要挑夫时，总要放了我们。"

我大姐立即说：

"你还说自己人生地不熟啊？！那日本人呢？日本人总没有我们熟悉吧？我要回去，也还是找得路到的。"

这些伯爷或叔爷们又摇头，说小孩子不懂，那是冒不得险的，冒不得！

……

也许是我大姐年纪太小的缘故，说的话只能被这些叔爷或伯爷们当作细把戏的话——听不得；也许这些叔爷或伯爷们从来都是逆来顺受，不敢产生反抗的念头；还有一种可能，就是这些叔爷或伯爷们的确也商量过逃跑的事情，但怕我大姐太小，守口不牢，万一泄露出去不得了。甚或是怕在逃跑时，我大姐这个小孩子反而会连累他们。总之，这些叔爷或伯爷们是全面否定了我大姐的建议。

可我大姐逃走的决心，并没有受到半点影响。她以小孩的胆量，原本是想趁着和某个叔爷或伯爷，被日本兵押着去抢东西时逃跑的，她甚至还想着要和同去的叔爷或伯爷缴日本兵的枪，打死日本兵，为被折磨死去的刘茂生那些伯爷、叔爷们报仇。然而，这些叔爷、伯爷们却让我大姐失望，她觉得这些叔爷、伯爷们，怎么都跟自己的父亲那样，一到了关键时刻，便稀软得毫无主见了呢？我大姐身上，明显地有着我母亲那敢于反抗的遗传因素。她决定自己单独跑，而且就在第二天。

第二天上午，我大姐在伙房里烧开了一锅开水，便装作玩耍，走出屋去。

我大姐走出屋子后，竟然没被日本兵喝住。她就一边慢慢地走，一边不时弯腰捡着地上的小石头，往田里丢，装作是在扔石头玩。

我大姐"玩"着"玩"着，渐渐地往山边靠近。她不时地回头看看，如果日本人吆喝他回来，她就转身，只说是到山上去捡柴。她怕自己如果一跑，日本人就开枪，被打死了实在不合算。

我大姐终于到了山边，她再次往回看时，仍没有什么异样。我大姐撒开两条腿就往山上跑，钻进了树木丛中……

一进入树木丛中，我大姐什么也不顾了，即算是日本兵立即开枪追来，她也只有拼命逃这一条路了。她的衣服被树枝、刺蓬挂得稀烂，脸上、身上被挂得尽是血痕，可她已经感觉不到痛，她也不可能停下来辨别方向，她反正就是跑，就是爬，她只有一个心思，就是离被关的那个地方越远越好。而且，她知道不能离开山，她还不可能去找回家的路。

天渐渐黑了。山风刮得山上的茅草卷起一阵阵白浪，树木发出刺耳的叫声。虽然显得恐怖，但对于我大姐这样从小就在山上放过牛的孩子来说，并不觉得可怕，可怕的倒是她那咕咕叫的肚子。我大姐还是早上吃了一点饭，已经饿得不行了。而这山上，除了茅草和树木刺丛，连一块红薯地也没有。她得去找吃的。她估计到了晚上，应该脱离危险了，便往较为平坦的山坡走，她想着如果有逃难的老百姓，应该会在山坡上。

我大姐饿得完全走不动了。她只好去拔茅草根，但这些长得很深的茅草根，却几乎没有什么水分，我大姐还是将没有什么水分的茅草根放到口里，使劲嚼，使劲嚼，再使劲吞下肚里去。她不敢去吃那些树叶，她怕分不清什么树叶吃了中毒，而茅草根绝没有毒。

我大姐就靠着吞吃茅草根，继续走啊走，终于发现了许多逃难者搭建的棚子。

这些临时用竹子扎就，盖些茅草，四处通风的棚子，东一间，西一间，零乱地布散着。但棚子里都挤满了人，都是广西人。我大姐根本就无法挤进去。她想向这些人乞讨些吃的，但读了几年书的她，尽管才满了十岁，也觉得实在无法开口。她只得走开，往别的棚子去。她一连走了好多间，总算找着了一间有空位的棚子。我大姐立即钻进去，缩到角落里，一声不吭。她怕棚子的主人将她撵出去。棚子里一个老人正在煮南瓜，那南瓜的香味使得她目不转睛地盯着老人。

老人发现了她，也看出了她那饿极了的神色。老人什么话也没有说，在用碗分盛煮熟的南瓜时，分了一碗给她。

老人照样没说任何话。

吃了一碗南瓜后，我大姐身上有了劲，她挨到老人身边，将她如何被抓，如何被当作挑夫来到广西，在路上所见到的一切，又是如何逃出来的事，全告诉了老人。此刻，她觉得只有这位老人，是她唯一可以倾诉的人。她还告诉老人她是哪里的人，家住在哪里，要老人告诉她如何往回走。她说她只要找到那条通往八十里山的茅草路，她就能走回家去……

老人听着我大姐诉说时，依然一声不吭，但听得非常认真，不住地点头，仿佛他也终于等来了一个愿意和他尽情说话的人。我大姐说完后，老人说：

"孩子，你先在这里睡一晚，明天我带你去找回家的路。"

有了老人这句话，我大姐放了心。老人又给了我大姐一件罩衣，说夜里太凉，要她当被子盖到身上。

我大姐在棚子里美美地睡了一觉，在睡梦中，她回到了老街，回到了"盛兴斋"铺子，回到了母亲的怀里……她给我讲她逃出来的勇敢经历，讲分南瓜给她吃的老人，讲那碗南瓜是普天下第一的美味……她一个劲地逗三弟，逗得三弟咯咯地笑，笑得口水流湿了系在胸口的兜兜……可是当她一觉醒来后，却又一次落在了日本人手里。

二十

老街的大火，并没有使得神仙岩的人出来。

站在神仙岩的洞口，或走到神仙岩靠近江岸的峭壁，看得见老街燃起的熊熊大火，和冲天而起的黑烟。

洞子里一片骚乱。老街的人放声痛哭，不是老街的人则走上前去劝慰：

"你老人家，别哭了哩，想宽一点，啊，想宽一点哩！"

"只要救得人在呢，屋子是可以重新砌的呢。"

"你老人家，等你重新盖铺子时，我去给你帮忙……"

"对，对，我们都去给你帮忙！"

……

乡里人对老街人便是这么的和善、真诚。但劝着劝着，便有人忽然觉得光哭确实不行，遂放声痛骂日本鬼，骂日本鬼灭绝天良，不得好死！要遭雷打电轰，要挨炮子，要受到老天的报应……

哭着，骂着，有人忽地就往外冲，叫喊着要回老街去，要回老街去救火，去救那被烧着的自家的铺子。被人忙忙地拖住。

"你老人家，去不得哪，去不得哪，那铺子已经是没救了，得救着人哪！"

"是啊，去不得哪，万一被日本鬼抓着，那就不得了哪！还是要往长远想哪！只有人才是万物之灵哪！"

……

这当儿那位老者开了口。老者说：

"你们都听我一句，此时若出去，就正中了日本鬼的奸计！那些日本鬼，就是想用烧铺子来引我们出去。"

众人一听老者的话，觉得有理，遂齐呼：

"决不中日本鬼的奸计，我们就是不出去！"

老者又说：

"你们想想，想想，日本鬼到了我们这里，他们还能往什么地方去呢？那就是广西。他们必得往广西去！那广西是什么地方？西边。日本有个"日"字，就是日头；日本鬼的旗帜上画的是什么？也是个日头。那日头到了西边，不就要落下去了吗？"

众人又一想，又觉得对啊，确实是这个理啊！

老者说：

"日头到了西边，焉有不落之理？！所以我们只需再等待，耐心地等待，日本就要完蛋了的！"

老者的话让人们看到了希望，而且那希望很快就会到来。

老者说完了他的道理，要众人万不可轻举妄动，得以不变应万变。

洞子里安静了一些，可没过多久，四乡的人们又为自家的安全议论起来。因为希望毕竟还没有到来。

"日本鬼烧了老街，会不会去烧乡里的房屋呢？"

"日本鬼烧了老街，他们住哪里呢？他们肯定到我们乡下去了，乡里的房屋又遭劫了呵！"

"天啊，我家那房屋是才修起的啊！费了我几十年的工夫啊！"

……

乡下人念着念着，想着想着，哭了起来。

这回是老街人去劝慰乡下人了。

"你老人家，快别那样想，只往好的方面想，啊！"

"那日本鬼不是快完蛋了么？你老人家的房屋不会呢！"

本要说的是"你老人家的房屋不会被烧呢"，但那"烧"字不能说出来，免得犯忌。

老街人对乡下人也是这般和善，真诚。乡下人在老街人的劝慰下，便也觉得只能往好的方面去想。

可即使是往好的方面去想，也实在想不出自家那房子是否能保住。

老街人仍然在劝着乡下人，但劝着劝着，想到自己那已被烧毁了的家，又不由地哭起来。

哭着哭着，又只能痛骂；于是又有人要往外走，要回老街去看看，要回乡里去看看，看看自家那房屋烧得还救了点什么没有，看看自家那房屋究竟被烧了没有……

伤心的痛哭，痛哭的怒骂，老百姓只能如此了。但不管怎样，他们还是统一了一点：那就是决不出去！决不让日本人抓了去！就是要等到日本人离开后再出去。再出去重建家园。

一把火将老街全部烧毁，将"司令部"搬到了乡下祠堂里的高才生小队长，其实的确不是想用大火逼迫老百姓出来的，因为他已经接到命令，往广西开拔。他就要走了，他还要这些老百姓出来干什么呢？他所做的一切，只能用上穷凶极恶四个字！他不需要任何理由！他在临走时，又要来一次出人意外的举动，或者叫来一次试验，而这个举动，这个试验，将成为他日后向人炫耀的辉煌战史。他认定老街这个地方，正是他做试验的好地方，在这么一个偏僻之野，没有人会将消息传出去，尤其是不可能为舆论界知道。而他则可以随心所欲地将事件的真实面目改变，譬如说他做试验的对象啦，譬如说事件发生的原委啦，甚或可以说是一场误会啦，等等，都能由他来定。

小队长命令他的皇军，挨家挨户去搜寻风车。

风车是农民用来扬谷的，将从田里打回来的谷子，晒干后，放进风车，转动摇手柄，转动起来的风将瘪谷子吹出去，饱满的谷子则顺着漏斗装进箩筐。这种风车不知道日本有不有，但小队长知道这玩意能够扇风，相当于一个不要电动机的手摇风鼓。这又可见这位高才生实在是对大东亚文化研究颇广。

农户几乎家家都有风车，这风车又实在没有必要转移出去，或藏起来。因此皇军士兵很容易地便找来了十几架风车。

小队长认为他的士兵不熟悉这个玩意，就要皇军轮流着去摇风车，看谁摇得快，摇的风大。皇军们觉得这玩意挺好玩，个个使劲摇，摇得一个个笑呵呵的，且大喊大叫。最后由小队长选定三架质量好的风车，其余的则统统的打烂，做柴火烧。

小队长带领全副武装的皇军，抬着风车，开始渡江。

这风车本来应该是由挑夫来抬的，可小队长手里的挑夫都已经到广西去了，而那个该死的二爷又逃了，他所到之地，早已没有一个百姓，便只能由皇军自己抬了。但小队长对皇军说，很快就会有挑夫的，去广西不能不带挑夫，只是多的不要，只要十个。

江面没有渡船，这难不倒小队长，他带领队伍绕着走，从上游涉水过江。他说从上游过江更好，可以一路走，一路再欣赏欣赏这美丽的沿江风光，以便留下些更美好的记忆。

神仙岩里的老百姓对于日本鬼可能封锁洞口并非没有任何防范的举措，但一则在心理上，除了认为有神仙保佑，日本鬼不可能找到神仙岩，不会来神仙岩这一点外，还有重要的一点，那就是认为即使是日本鬼找到了神仙岩，来到了这里，也不过是逼迫他们回去，回去为日本鬼筹粮、做事。他们也已经知道了日本鬼无端杀人，杀既没撩他们、也没惹他们的老百姓，但想着无论如何总不会把人全杀光。历朝历代，就算是兵匪来，兵匪去，也没见过把这个地方的人全杀光的。因为倘若把人全杀光了，也就没有杀人的目的了。杀人的目的无非是要人顺从，为杀人者做事。因此，他们认为实在到了毫无办法的时候，最严重的后果，充其量也无非就是听从日本鬼的话，回去！回去时，或者回去后，有那么一些人会遭日本鬼的毒手，但到底会是谁，那就只能听凭命运了。

不要认为这偏僻山区的老百姓真的愚顽呵！如果把他们和欧洲，特别是德国的犹太人作一比较，他们就根本不叫愚顽了。那被德国鬼子杀害的六百万犹太人，都是受过教育的，闯过世面的，更不乏事业有成的，地位颇高的，但他们之所以比宰割鸡鸭还要惨的死在德国人手里，也就是因为他们首先是从心理上对纳粹存在幻想。或者叫对"人"存在幻想。当他们被送进毒气室去时，绝大多数人还真的以为是去清洁呢！

而我的这些老街同胞们，我的这些叔爷、伯爷们，他们还只是对藏在神仙岩里感到比较放心而已。可是当老街被烧成废墟后，他们也开始采取一些防范措施了。

他们首先是觉得，在这神仙岩里，也要推举一个管事的，才能使得洞内不至于混乱，才能凡事好做些个安排。于是他们像平常讲白话那样的开始提名，最后还是一致推举那位老者来当个临时管事的，因为老者说的话都在理。

老者亦不推辞，仿佛这是义不容辞的事。他当上临时的管事的后，便点了几个人，来当他的助手。这些助手可以称为管事助理。老者说"红花也得绿叶扶"，"一个好汉三个帮"，所以就配了助手。

老者配好助手后，就开会。他们不叫开会，那时还没听说过开会这个词。他们叫"会朝"，是根据文武百官都要上早朝这一条来的。反正就是跟后来人们熟知的开会一个意思，只是要比后来人们熟知的开会简单得多。

会朝时，老者毫无啰嗦之词，开口便说：

"你们先提提，先提提，当下最要紧的是哪一条？如果没有最要紧的，那就散朝。"

老者的话之所以如此简明扼要，是学着大戏台上那"有本奏来，无本退朝"的话而来。

管事助理们便都想，想那最要紧的。想了一气，便有人说：

"最要紧的当是站岗，放哨，得学学那些过兵的，过兵的哪怕是只在老街吃一餐饭，也有站岗的，放哨的。我们也得站，也得放，就站到这神仙岩外，放到那江岸峭壁处，观日本鬼的动静。有个风吹草动，好早点架势。"

会朝者都表示赞同。老者则说：

"我也认为这是最要紧的。可怎么个站法，怎么个放法？"

于是助理们又想，想一气，有人说：

"就从我们这些管事的、管事的助手们站起，放起，轮流来，一个一天，绝不间断。"

这话一出，立即有助理说：

"你老人家这个主意不错，可还是有点不妥，管事的老人家年纪那么大了，他不要去站，不要去放。"

会朝的皆点头，说是这么个理。旋又有助理说：

"我觉得还是有点不妥，一个一天的轮流来，怎么行呢？一个站岗，一个放哨，得两个人，得两个人一天，轮流来。只是两个人一天的轮流来，我们这几个人，只能站得几天，放得几天，是不是再要那些没管事的也轮一轮。"

这当儿管事的老者做总结了。老者说：

"这件最要紧的事就这么算了，也用不着再派别的人来轮了。等到你们轮得差不多时，我估摸着那日本鬼也该走了。"

第二天再会朝时，不待老者开口要助理们提当下最要紧的事，就有助理说：

"昨夜我想了一夜，觉得有件事最要紧。"

老者和别的助理们便都说：

"那你快讲，快讲。只管讲。"

这位助理说：

"我想了一夜，这神仙岩通后山的通道到底是哪一条呵？"

这一说，众助理都面面相觑，是啊，这神仙岩通后山的通道，到底是哪一条啊？

这位助理又说：

"我之所以想了一夜，是想着万一的话，我们得晓得那条通道啊！"

这位助理自然也不敢说出那犯忌的话。

面面相觑的助理们将眼光投向了管事的老者。

助理们的眼光都充满了希冀，更充满了信任。知道这条通往后山通道的，那就肯定只有管事的老者了。

管事的老者凝神而思，许久，方说：

"你们都不知道，我又哪里知道呢？不过我听人说过，那通道硬是有的！要不然的话，当年躲长毛，那么多人躲在这里，会毫发无损？"

这回助理们都没说老者的话在理了。因为那听说，他们也都听说过；那躲长毛，他们也知道。他们还知道长毛并没打过来，在蓑衣渡就败了，改道了。

会朝便有些沉寂。会朝者都意识到了这个要紧事的重要性。

沉寂还是被管事的老者打破。老者说：

"那就快去找啊！这会朝就散了啊！"

助理们觉得这句话在理了，便起身。老者又说：

"总找得到的，找得到的。老辈人说过有，那就是有的。要是万一没有，那日本鬼也不会来的。"

管事的助理们开始寻找洞内通往后山的通道。整整找了一天，找着的都是走着走着，就堵死了的。

第二天没会朝，继续找。助理们代表着老街人和乡里人的意志，不找到决不罢休！且相信一定能够找到！加之洞内亦无他事。

终于有一助理惊喜地叫了起来：

"找着了一条！找着了一条！"

其他助理便围拢来，一看，仍然是条不通之道。

然而，这虽然仍是一条不通之道，却明显地有过被人开凿的痕迹，只是并没有打通而已。

于是，所有的听说，在这里得到了解答。而且可以断定，这条通道是曾为前人所探索过，离后山的出口也不会远，说不定就只有一石之隔。只要将这块石头打开，通道便通了。这就是那些躲长毛的前辈在开凿的，他们已经找准了这个地方，只是后来长毛退了，他们也就懒得开凿了。但开凿的人曾自豪地说过，那神仙岩里有通后山的路哩！这句话也许还有后面的没说出来，那就是："可惜我们还没有打穿。"也许是说了后面这一半，但听的人给丢掉了，或者是像编辑改稿那样，给删除了。

打通这条通道，的确并不需要很大的工夫，这在几十年后将神仙岩改为旅游景点时得到证明。但得有工具，至少得有钢钎、锤子。可当时躲进神仙岩的人们，连一把锄头都没人带。他们每人只有一双长年劳作的手，但若想光凭这双长年劳作的手去打通岩石通道，他们再能吃苦，再能耐劳，也是不可能的。

于是会朝。

会朝时，有人提出是不是派人偷偷地去取工具，取了工具来将这个前人未能打通的道儿给他打通，也算做一件大好事，以后再需要躲藏时，就真的什么都不怕了。但这个建议立即遭到多数人的反对，反对的意见归纳为：

"这个时候谁敢去取钢钎锤子，你老人家敢去不啰？"

"现在无论派谁去，万一出了事，哪个敢担责任？！就算拈阄也不妥，拈着了去的人万一出了事，我们心里也要难过一辈子。"

"要打通这个出路，做这件大好事，也得等日本鬼走了后。等日本鬼走了，我们来打。也不要再派工摊钱。"

最后管事的老者说：

"等等再说，容后再议。"

打通道的事虽然暂停，但站岗、放哨开始施行不误。只是这种站岗放哨的实际意义，就实在是微乎其微了。

这天的天气突然阴沉得像要哭泣。

正在洞外站岗和在江岸峭壁处放哨的管事助理，怎么地发现通神仙岩小道的树木荆棘晃动得格外厉害。他俩都还没往日本鬼来了这方面去想，因为他俩注意的都是江面：日本鬼要来神仙岩，必须从老街过江！只要日本鬼一渡江，就能发现。

但那晃动得格外厉害的树木荆棘，还是引起了两位管事助理的警惕，甚或是好奇。

当树木荆棘晃动出一顶顶钢盔，和一杆杆上着刺刀的钢枪时，管事助理才喊出不好，日本鬼来了！但也仅仅只能喊出这么一句而已，一颗三八大盖的子弹，准确地打中了一位管事助理，又一颗三八大盖的子弹，准确地打中了另一位助理。

高才生小队长率领皇军封锁了洞口。

小队长亲自用中国话朝洞里喊：

"洞里的人听清楚了，大日本皇军不会为难你们，你们挑选十个人出来，老年的不要，小孩的不要，身强力壮的要！"

这就是小队长对皇军说过的，他只要十个。这十个身强力壮的，他要拿来做挑夫。至于他"只要十个"这句话，全文应该是"只要十个活的"。"其余的统统不要"的意思，则并不是不要其余的人做挑夫，而是其余的人统统死掉！

枪声一响，神仙岩里的人慌做了一团。

他们虽然慌得是一家人的，紧紧抱成一团；不是一家人的，也抱在了一起；母亲紧紧抱住孩子，妻子往丈夫的怀里拱……但他们当中，还是有人听清了鬼子头的话。

小队长又喊话了：

"给你们一个钟头的时间，你们好好挑选！挑选好了的，一个一个地走出来。其余的人，在里面安安心心。"

小队长为什么会给洞内的人一个小时的时间呢？是因为他需要时间。

小队长命令一部分皇军警戒洞口，一部分皇军去砍柴。他需要很多的柴，砍很多的柴需要很多的时间。

洞内听清了鬼子头话的人，赶忙将鬼子头的话复述一遍。慌乱的人没听清，他只得连续复述。

待到人们听清了鬼子头的话后，想到的第一件事就是请管事的老者。要管事老者拿主意。

管事老者虽然也慌得不行，因为他断定不会发生的事，却突然就真的发生了。但管事老者毕竟是管事老者，他听得都要他拿主意时，便镇定了下来。

管事老者说：

"把鬼子头的话再说一遍，再说一遍。"

管事老者仔细听了后，开始了分析判断：

"鬼子头说不会为难我们，是吗？此话不可全信。鬼子头说要我们挑选十个人出去，是吗？他们要挑选十个人出去干什么呢？其中必有缘故。鬼子头说老的不要，是吗？小的也不要，是吗？得要身强力壮的，是吗？"

立即有人回答，说鬼子头是这么说的。

管事老者沉吟良久，说：

"鬼子头要身强力壮的，那必是去给他们当挑夫。他们要走了，要往广西去了！"

当管事老者沉吟时，洞内的人连大气都不敢出，巴望着老者说出的是不要紧的话。可一听说是要去给日本鬼当挑夫，便有人喊：

"不去，我们不去当挑夫！"

众人也齐喊：

"不去，我们不去送死！"

这时，一个未轮到在外面站岗放哨的管事助理突然说：

"那在外面站岗放哨的呢？怎么不见进来？刚才明明响了两枪……"

"是啊，是啊，硬是响了两枪！"

这位管事助理立即哭了起来，再也顾不得犯忌了：

"他俩，肯定已被日本鬼打死了啊！"

一联想到响的那两枪，和那两个被打死了的人，越发没人敢去"应征挑选"了。

"不去！我们不出去！"

这个时候，管事老者表现出了少有的气概。他说：

"如果真像鬼子头说的那样，只要挑选十个身强力壮的出去，便不为难所有人的话，舍个人性命救众人，这也是应该去做的。不过，我就怕鬼子说话不算话。一定得要他画押。待我出去，我和鬼子去谈！"

一见管事老者说要出去，人们又为他担心了。

"你老人家不能去，不能去！"

"你老人家若出去了，要万一什么的，不就更没人做主了？！"

管事老者说：

"我已经六十多岁了，我怕什么？他们还能拿我怎么样？"

说完，管事老者就往洞外走。

管事老者凛然地走出洞口，正要大声说老汉我是来和你们谈条件的，可他的话还没能够出口，小队长一看出来的是个老头，将手往前一扬，一个日本鬼"嘎嘣"一枪，管事老者往前跟跄了几步，从峭壁直摔进江中。

小队长再次喊话：

"出来的必须是身强力壮的，你们听明白了没有？"

洞内的人这回全听明白了，但明白的是：一出去就会被日本鬼打死。

管事老者一死，洞内的人反而铁了心，有人喊：

"出去是死，不出去无非也是死，去当挑夫也是死，我们誓死不出去！"

"日本鬼要敢进来，我们就和他拼了！"

直到这个时刻，这些曾经是扶夷侯国臣民的后裔，开始表现出先祖曾经有过的绝不屈服的气概，但可惜，我的这些同胞们，我的这些叔爷、伯爷们，对日本人的认识，已经太晚了。

二十一

我母亲和二爷在偷偷地寻找"掉队"的日本鬼。

我母亲总是不时地摸摸别在腰间的那把柴刀，仿佛只要那把磨得雪亮的柴刀还在，她就能够实现为我白毛姨妈，为我大姐报仇的愿望。

我母亲和二爷自然不知道日本鬼的"司令部"到底迁到了哪里，他们只是朝着那些被日本鬼烧着了，或已经烧完了的村庄，隐蔽前行。

原来极怕碰见日本鬼的我母亲，此时最想看见的，却就是日本鬼。

然而，他们没有发现一个日本鬼。

日本鬼到底都到哪里去了呢？

我母亲和二爷来到了香炉石。

香炉石那"棒敲香炉声声脆"的青石板，已经长满了青苔；母亲带着我和三弟借宿的房屋，那农户一家六口的独门小院，已被烧毁得只剩了一堆瓦砾。

二爷对我母亲说：

"咱们先歇一歇，歇一歇。"

我母亲说：

"我哪里还什么心思歇，那个鬼子头，难道就率领那些鬼们，悄悄地走了，离开我们这里了？"

二爷说：

"所以我们要歇一歇，来商量商量啊，琢磨琢磨啊，他们到底去哪里了呢？"

我母亲听二爷这么一说，便往地上一坐，那一坐下去，才觉得浑身因高度紧张而像要散架了。

二爷说：

"日本鬼不会悄悄地走的，他们要走，也是会一路烧杀而走。"

我母亲说：

"难道是有一支神兵来了，将他们全打死了？"

二爷说：

"要真有神兵来惩罚他们就好了，不过，就算是全打死了，也得看见鬼子的尸体啊！"

我母亲说：

"老十二，你对他们了解得多些，你说，他们烧了老街后，最要去的是什么地方呢？只要摸准了，我们就到他们必经的地方藏起来，我就不信他们没有'掉队'的，就像我碰到过的那两个找水吃的日本鬼一样，我们就打'掉队'的埋伏，这不比去寻他们好些吗？我们寻了去，他们已经走了，这样不是个办法。"

二爷说：

"是啊，他们会打埋伏，我们为什么就不打埋伏呢？我们打他的埋伏，那奔走的是他们，我们可以歇息，这在兵书上叫什么来着？"

我母亲说：

"以逸待劳。"

二爷说：

"对，以逸待劳。不过还有一句，叫出奇制胜。"

我母亲说：

"老十二，我们现在本身这就叫出奇制胜。为什么叫出奇制胜呢？因为日本鬼绝不会想到我们这两个平民百姓在找他们算账！"

二爷说：

"还是讲打埋伏稳当些。可是，他们到底会从哪里经过呢？又到哪里去打'掉队'的埋伏呢？"

"那些遭瘟的，要躲他们时躲不脱，可要找他们时找不着了。"我母亲骂了一句。

二爷突然说：

"他们是不是去神仙岩了呵？"

我母亲一下从地上蹦起来，说：

"是啊，他们最要去的地方，就是神仙岩啊！"

一断定日本鬼是去神仙岩，我母亲和二爷都紧张了起来。

"神仙岩的人，要遭罪了啊！"

这可怎么办呢？怎么办呢？谁又能去救得了神仙岩的人呢？

二爷和我母亲都没有埋怨神仙岩的人不听他们的话，尤其是二爷，似乎把神仙岩的人怀疑他是汉奸的事都给忘了。

他俩陷入了为神仙岩的人担心的恐慌之中。

阴沉得像要哭泣的天，笼罩着旷野，笼罩着山峦，也笼罩着江水，和那位于悬崖峭壁之上、隐匿于灌木丛中的神仙岩。

二爷和我母亲，听到了从神仙岩传来的两声枪响。

我母亲和二爷的担心成了现实，但他们只能一筹莫展。

枪声过后，是死一般的寂静。

我母亲和二爷仿佛都停止了呼吸，他俩的眼神相互碰了一下，却都显得是那样无奈，那样的暗淡。

我母亲将头低了下去。她明白，随着这两声枪响，神仙岩里的惨剧已经来临。因为她从我白毛姨妈的死，已经不对日本鬼抱有哪怕是一丝丝的侥幸。但她依然不可能想到，日本鬼要对神仙岩实行大屠杀的新式手段。

还是二爷先说话。二爷说：

"他们既然去了神仙岩，就总要从神仙岩返回的，他们去神仙岩没划船过江，那么回来也不可能划船过江，而从神仙岩返回的路只有一条，我们就在半路上动手，选一个特别适合宰日本鬼、自己又容易逃离的地方。"

我母亲长长地叹息了一声，说：

"只有这样了，神仙岩的忙我们是帮不上了。"

可她接着仍然说了一句：

"天啊，但愿日本鬼只是逼他们出来，只是逼他们回去，可千万千万别，别……"

我母亲不敢说下去了，那个字眼实在令她害怕。而我白毛姨妈死的那副惨相，又像影子一样，不停地在她面前闪现……

二十二

神仙岩里的人们在准备反抗的武器了。

然而，有什么能作为武器的呢？就连能往外投掷的石头都找不到一块。洞内有天然石板，但那石板却无法搬动；洞内有千姿百态的钟乳石，但那钟乳石却无法用手扳断……

挑担子用的扁担，攥在手里了；木板独轮车的轮子，被卸下来了；煮饭用的铁锅，举起来了；炒菜的锅铲、熬茶的砂罐……就连女人头上那长长的发簪，也被当作了武器。

此时，他们已经只有一个念头：只要日本鬼敢进洞来，反正就是拼了！

高才生皇军小队长却根本就不打算进洞，也根本就不打算让他们出洞，除了他需要的十个挑夫。

一个小时过去了，洞内没有任何一个身强力壮的出来，小队长嗷嗷地叫了起来。他没想到，他的话竟然在这些被他认为是劣等而又愚蠢至极的人身上，失去了作用。

他连那十个挑夫也不打算要了。时间已到，非常强调时间观念的大东亚文化研究者，要开始他的"试验"了。

日本鬼将砍来的柴堆在洞口，小队长拔出指挥刀，狠命地朝一架风车砍去，他要将这架风车砍烂，作为引火的干柴。可是他那一刀下去，砍在用黄杨木做成的风车手架上，不仅没能将风车手架砍断，那刀子反而被弹了回来，刀背差点碰着他那如果不是丧失人性而变得狰狞恐怖，但其实还算清秀的脸。

他又是一阵嗷嗷大叫，挥动指挥刀对着风车一顿乱砍，风车虽然被砍烂了，但那用黄杨木做成的风车手架，依然独立存在。

日本鬼点燃了火。

日本鬼将两架风车，对准熊熊大火，使劲摇转，风车摇出的风，将滚滚浓烟，往洞内灌去。

洞内一片惨叫，皇军乐得哈哈大笑。

日本鬼争抢着去摇风车，享受着小队长发明的，不用开枪开炮，不用投掷手榴弹，不用刺刀刺，不用现代化武器，却能让两千多条生命顷刻间窒息而死的无比乐趣。

洞内女人的惨叫、老人的咳嗽、小孩的啼哭、绝望的嘶叫声、悲鸣声……越来越小，越来越弱；洞口的烟越来越浓，风车的转动越来越快，这个鬼子摇累了，那个鬼子抢上去……

小队长眯缝着双眼，得意地欣赏着他的杰作。

当洞内已经毫无动静后，日本鬼依然不停地转动着风车，直至所有的柴全部烧光，直至浓烟不断地从洞内往外倒灌，小队长还是没有停止他的"试验"。他命令皇军又砍来些湿树，将洞口严严地堵住，他不能让洞内的烟倒灌出来，造成不必要的浪费。

皇军们笑着，叫着，异常兴奋地结束了"试验"。

小队长率领皇军凯旋。他得和他的皇军士兵们去广西了。他要在广西再开创一个模范治安区。

如同所有的皇军再去开创新的模范治安区一样，在离开已创建的模范治安区之前，得捎带些战利品走。至于挑夫，到路上再抓，反正不愁抓不着老百姓。

皇军们按照惯例，两人一组，或单独一人，开始"自由活动"。

小队长做梦也没有想到，他在老街——他的这个模范治安区，会遭受一个女人的袭击，会死在一个女人的柴刀下。

试验获得全面成功的小队长，自己不打算再亲自动手去捎带战利品，他踌躇满志地独自走着，他看中了一片美丽的风景，扶夷江水从前面悄然地流过，一小片草地还充满绿意，草地上的草延伸到一个斜坡上，斜坡紧靠着茂密的树林。躺在斜坡的绿草上，既能看着悄然而淌的江水，又能看到起伏的山峦。小队长大概也有那么一点累了，便悠然地躺到了斜坡上。

这时候，埋伏在紧靠斜坡树林中的我母亲，看见的只是一个日本鬼。到底是不是鬼子头，她已经顾不得去看仔细了。

我母亲终于等来了一个"掉队"的，她根本就没等二爷示意，便拔出腰间的柴刀，如同失去了理智一样地从树林里冲了出去。我母亲冲得是那么快，那么迅疾，以致于她冲到这个日本鬼面前时，站脚不住，差点被躺着的日本鬼绊了一跤，但她没有收脚，而是顺势往日本鬼身上扑去，只是在扑下去时，那把被磨得雪亮的柴刀，已经砍在了日本鬼的脑袋上。

日本鬼的脑袋，被我母亲手中那把柴刀一砍，照样往外喷血。

我母亲大概把所有的仇恨，所有的悲愤，所有的力量，全集中在了那一柴刀上。日本鬼被这一柴刀砍中，竟再也没有动弹。

当二爷赶到时，我母亲已经像剁猪菜一样，在对着日本鬼乱剁。我母亲一边剁一边乱念，白毛，我的妹妹；老大，我的儿子……

二爷忙要我母亲快走，可我母亲已经根本听不见他的话。我母亲已经如同疯了一样，她那双举着柴刀往下剁的手，已像上下运行的机械，无法止住。

二爷只得拦腰一把抱起我母亲，就往树林里跑。

二爷抱着我母亲，不知跑了多远，直至我母亲开始挣扎，才将我母亲放下来。我母亲一被放下，就嚎啕大哭起来。

二爷不知道我母亲是为自己杀了人而哭，还是为终于替我白毛姨妈，替我那不知下落的大姐报了仇而哭。他只能在旁边默默地陪着。

我母亲痛痛快快地哭了一场后，问二爷：

"老十二，我砍死的是那个鬼子头吗？"

二爷点点头。

我母亲又问：

"老十二，真的是那个鬼子头吧？"

二爷非常认真地点头，说：

"当然是那个鬼子头哪，我还能认错！"

我母亲又自言自语地说：

"可是，你说过那鬼子头有指挥刀呢，我怎么没看见。"

二爷说：

"你当时还能看见他的指挥刀啊？你连他身边的枪可能都没看见吧？"

二爷一提到枪，我母亲跳了起来：

"枪呢？那个鬼子头的枪呢？你怎么没背来？你为什么不背来？"

二爷只得嘟哝着：

"只顾得强迫你走了，哪里还顾得别的什么……"

我母亲扬手就是一耳光，对着二爷扇去。

二爷猝不及防，只听得"啪"的一声，脸上重重地挨了一下。

我母亲这一耳光扇得是那样重，二爷的脸上，立时浮上了几道红红的指印。

我母亲扇出这一耳光后，顿时愣了，仿佛手足无措了。她看着二爷脸上那浮肿的指印，惊恐地倒退了两步，而后突然扑上去，一把抱住二爷，不要命地在二爷那红肿的脸上亲起来。

"我不是故意的，不是故意的……"

在亲的间隙中，我母亲又一边喃喃地说道。

二爷被这突如其来的耳光，和暴风骤雨般的亲吻弄得慌了神，他一时不知道该如何才好了。但只片刻，仅仅片刻，他就用他那双结实有力的大手，将我母亲紧紧箍住了……

我母亲不知被二爷箍了多久，或者说是她箍了二爷多久，当二爷正要说出他那隐藏在心里好多年了的热辣辣的话语时，我母亲却突然像被霜打萎了的藤条，从二爷的怀抱里滑了下去，瘫坐在地上。

我母亲用手捂着脸，不住地说：

"我杀人了，我已经杀过人了……"

二爷坐到我母亲身旁，将我母亲捂着脸的手掰开，攥在他的手心里，不停地抚摩着。二爷说：

"你没杀人，你没杀人，你杀的是鬼，是恶鬼，是该杀千刀的恶鬼……"

我母亲又嘟哝着：

"我好害怕，好害怕，老十二，我好害怕……"

二爷将我母亲揽在他那如磨盘样坚实而又宽厚的胸膛上，说：

"你怕什么呢？有我在这里！你是跟我在一起，跟我在一起……"

我母亲终于渐渐地安静了下来。

当我母亲安静下来后，她叹了一口气：

"唉，又没有把枪拿到……"

我母亲开始认真地回想刚才发生的那一幕，她并不是回想自己怎么突然有那么大的勇气，有那么快的手脚，也不是回想日本鬼原来也是那么不经打，而是回想自己到底看见那个日本鬼有指挥刀没有？她只能以是否有指挥刀来确定杀死的，到底是不是那个她向我白毛姨妈发誓要杀死的鬼子头！

我母亲想来想去，无法确定。她像是对自己说，又像是对二爷说：

"那指挥刀是个什么样呢？我怎么就没有一点印象呢？"

二爷只得说：

"你当时是气疯了，恨疯了，只顾报仇雪恨了……"

二爷还没说完，我母亲突然说：

"不对，老十二，你是在哄我吧，被我杀死的那个日本鬼，没有指挥刀！"

二爷说：

"你硬说没有，那我就没有办法了。也许是他的指挥刀太重，他难得带，要他的鬼子帮他背去了。反正，绝对就是那个鬼子头！"

我母亲杀死的，也许真的不是那个小队长，而二爷之所以认定是那个小队长，他是为了让我母亲确信，已经为我白毛姨妈报了仇。

这时，远远地响起了枪声，那枪声始是非常密集，接着又凌乱地散开，"哒哒哒哒"，有机枪的胡乱扫射；"嘎嘣嘎嘣"，有三八大盖的射击……日本鬼发现了被杀死的他们的同伴，或者是那位小队长，他们非常气愤，同时也不无紧张。他们压根儿就没有想到，在这个被他们认为是刚做完非常成功的"试验"，将所有的老百姓全部熏死、毒死了的地方，在这个没见着一个当地人的地方，在这个不可能有丝毫反抗之力的"劣等"人居住区，他们的小队长，或者是战友，竟悄无声息地被杀死在美丽的、铺满青草的坡地上了。他们要报复，更要发泄，但他们找不到任何可以报复的人，他们只能对着沙滩，对着草地，对着树木，疯狂地开枪，胡乱地扫射。他们又像是在为自己的上司，为自己的同伙，在开枪送葬。

二十三

日本人往广西去了后，果然如管事老者所言，日头到了西边，焉有不落之理？！管事老者虽然没能看到日本人投降，但老街活下来的人，四乡活下来的人，其中包括我母亲、二爷、我父亲、我，还有我那已能走路的三弟，都得知了日本人投降的消息！

日本人投降的消息从县城一传开，便像风一样，传遍了所有的山山岭岭，有人拿了一个破铜盆，一路走，一路敲，"咣咣咣"，喊："日本人投降喽，日本人投降喽！"还有人爬到山顶上，对着青天，声嘶力竭地叫："日本人投降啰，日本人投降啰！"叫完又哭，哭完又叫……

在得知日本人投降的消息后，我母亲坐到我白毛姨妈的镜子面前，呆呆地看着镜子中的那张脸。我母亲伸出手，认真地，不断地抚摩着脸上已明显增加的皱纹。她从来没有这样认真地注意过自己。她好像要把脸上明显增加的皱纹用手给抹掉一样。母亲又把我喊到面前，要我替她将头上出现的白发拔掉。

这天我父亲表现出了少有的幽默。他这个说愚蠢也实在可算得上愚蠢，说执拗还太轻了，应该换成顽固不化的人，看着我母亲对着镜子的那副认真相，蹑手蹑脚地走拢来，也将脸往镜子前凑，当镜子中出现他的脸时，他摸着自己那刮得溜光的下巴，说：

"他四娘，你是要再变成一个小女子，好再得一份嫁妆吧？！"

我母亲竟然没有斥他，而是回过头去，对他莞尔一笑。这是我母亲自从杀死了那个日本鬼，说为我白毛姨妈报了仇后，出现的第一次笑。我发现母亲的那一笑，真是让人美到心里去了。

我父亲得了母亲的这一笑后，如同小孩一样的嚷起来：

"呵，我们可以回老街啰，回老街重新建房子，开铺子去啰！"

母亲却对我说：

"老二，去准备钱纸信香，给你白毛姨妈上坟！"

父亲听母亲这么一说，也赶忙说：

"对对，先给你白毛姨妈上坟。"

母亲又说：

"今天大家都要穿鲜活些，到了坟上不要哭，把这个好消息告诉我妹妹，让她也知道。"

我用一个篮子，将钱纸信香装好。母亲又备了我白毛姨妈爱吃的菜，也放进篮子里。

母亲又对我说：

"老二，你去把他二爷请来。本来按理说，不应要他二爷来的，可当初如果没有二爷生死相助，我也杀不了那个日本鬼，也不能替你姨妈报仇！这些，都要让你姨妈知道，她在阴间，也不能忘记。"

母亲已经把我当作家里的支柱。我取代了原本会归我大姐所做的一切。

父亲也说：

"应该，应该，应该把他二爷请来。等下还要请他二爷吃饭，吃酒。"

二爷就住在我白毛姨妈的一间偏房里。是我母亲硬要他住进来的。因为他无家可回。本来我母亲还要他和我们一同吃饭，说他一个人难得开火，和我们一同吃饭则只需添一双筷子而已。二爷坚决不肯，说住到这里就是沾了天大的光了，如果再要他吃现成的饭，他就要撒腿而走。

我最喜欢二爷跟我们住在一起，他不光是每天做事做个不停，几乎把重活累活全给包了，还经常讲白话给我听。他讲的白话多是英雄，英雄中又多是女的，女的中又多是漂亮无比的。后来我想，他肯定是把我母亲给编到白话的英雄里去了。

看着我老是跟二爷在一起，我父亲不太高兴。他总是说我吵烦了二爷，而我却觉得二爷一点也不烦我。我说二爷喜欢我，不烦我，我也喜欢二爷，不烦二爷。父亲见着二爷就没有多少好脸色，有时还对着我轻轻地嘀咕，说那么一个大男人，住到人家家里……但只要母亲一出现，他就不敢嘀咕了。有次他又对我嘀咕时，我说："你也是住在我白毛姨妈家里哩，这里也不是你的家，你怎么能住？二爷就不能住？你以前也常说白毛姨妈的坏话，可现在白毛姨妈不在了，你又说二爷的坏话，我要告诉母亲去……"父亲急了，要我千万别去告状，他带我到山上去摘毛栗子吃。我说摘毛栗子你也不会摘，只有二爷最会摘。父亲气得要打我，但他打我不着。

这次我把二爷一请出来，父亲却既高兴又大度，他拿一块干抹布，一边替二爷拍打着身上的灰土，一边说：

"他二爷，他二爷，这下就好了，日本鬼投降了，我们上完坟，就可以回老街了，我要去建铺子，开铺子了！"

二爷笑呵呵地说：

"四爷你建铺子，我来给你帮工，一个工钱也不要，河沙、卵石，我从江边给你运回来；青砖、青瓦、石灰，我去烧几眼窑；烧窑的柴，我去山上砍下来……用不着花几个钱，包你新建的铺子，比原来的强十倍！"

父亲快活地说：

"哪能不给工钱呢？那要不得，要不得，工钱还是不能少的！"

二爷说：

"我说了不要就不要！你只要四娘亲手炒几个菜，每餐让我吃饱有劲就行了。"

父亲说：

"那还得吃酒，吃酒！等下我就请你吃酒。我也吃一杯，他四娘也吃一杯，小孩子也吃一杯，有太平日子过了哩！"

我提着钱纸信香和供品，跟在母亲身后。我父亲抱着三弟，和二爷并排走着。

母亲已经把我白毛姨妈葬在她屋后的竹林里，因为白毛姨妈喜欢竹子，她说竹子四季常青，她的头发要是也能变青就好了。

通往竹林的这条小道，已经被二爷修得平坦了些，也拓宽了一些。

到了白毛姨妈的坟前，母亲摆好供品，点燃信香。

白毛姨妈的坟垒得很高，超出了山里人的规格，当时我父亲说，她毕竟是一个女人，又没有崽女，垒这么高没有必要，反正以后也没有人来给她上坟……我父亲还没说完，我母亲就火了，说，她是个女人怎么啦？她没有崽女又怎么啦？我就是要将她的坟垒得高而又高，我还要用三合泥将坟圈上，我要打一块又高又大的墓碑，我要给我妹妹起一个男人的名字，刻到墓碑上，以后每年我要我的儿子来上坟，哪个儿子敢不来，我就治他不孝！父亲只得说，好好好，你有空力气你就垒，你就圈，你就打碑刻名字。不过，你要真给她起个男人的名字，以后谁知道是她呵？

母亲真的给我白毛姨妈起了个男人的名字。是根据我白毛姨妈的喜好而取的。当二爷动手刻墓碑时，也对我母亲说，刻个男人的名字，以后是怕不知道是谁呢？我母亲说，那就在她的名字上面再加上"李芝芝之妹"几个字。二爷说，这怕不太好吧，通地方都没有这个规矩，再说，把你的名字刻上去……二爷是怕这种刻法对我母亲不利。我母亲却说，没有这个规矩，我就来立这个规矩，只要我心里觉得舒畅就行！于是我白毛姨妈的墓碑正中刻的大字便是：李芝芝之妹李竹林之墓。右上方刻的小字是：生于某某年；左下方刻的小字是：殁于民国三十三年九

205

月。

我母亲虽然破了个规矩，立了个"新规矩"；虽然她将自己的名字刻在了我白毛姨妈的名字上面，但她没有想到的是，果然没有几个人知道这是我白毛姨妈之坟，因为没有几个人知道我母亲的名字。老街人和乡下人知道的仍然只是："盛兴斋"铺子里的那个四娘，或者是林李氏。

母亲要我在白毛姨妈的坟前跪下，给姨妈磕头。母亲自己也跪下，将钱纸烧化。母亲一边烧钱纸一边说：

"妹啊，按理我是不要给你下跪的，可当初是我同意你去见日本鬼的啊！我如果不同意，你敢去吗？是我害了你啊！姐现在就给你跪下，姐告诉你，不但害你的日本鬼已经被我杀了，那日本人，还全部投降了，日本鬼再也不会来了，再也不敢来了！妹啊，你就安安心心地转胎去吧，下世转胎，做一个男人，做一个像他二爷，像老十二这样的男人！没有老十二，姐也不能替你报仇啊！姐就代你向他二爷，向老十二叩个头了。"

母亲说要向二爷叩头时，我父亲说：

"那我就先走一步，先走一步。"

父亲疾忙便走，但只走了几步，又站住，只是背对着我们。

母亲转过身，对着二爷叩了一个头，慌得二爷忙将我母亲扶起，我母亲的眼里，却已是满眶泪水。

我说：

"妈，你不是说过今天不准哭吗？"

母亲一边抹着眼泪，一边说：

"我这是高兴哩，高兴哩。"

母亲烧化的纸钱灰，被风卷起，在我白毛姨妈的坟上滴溜溜地转，打着纸灰的旋涡，终成一灰柱状，往上升去……而我并没感觉到有风在刮。

我正觉得惊异时，二爷对我说：

"这是你姨妈在感激你母亲和你了哩！"

母亲又坐到坟前，陪着我白毛姨妈说了许多白话。母亲似乎有说不完的话要跟我白毛姨妈说，可我又听出，母亲的话很不连贯，像有要说的话又没说出来。还是二爷提醒我母亲，说该走了，你们还要回老街去呢！母亲这才站起来，对白毛姨妈说：

"妹啊，姐要回老街去了，以后不能常来陪你说白话了，你也莫牵挂这个地方了，早点投胎去吧，投胎去吧……你投了胎后，变了个男子汉后，再托个梦给姐，姐来给你贺喜……"

我们往回走时，母亲犹豫了一下，走了几步，还是转过身去，又对着我白毛姨妈的坟说：

"他姨妈，还有件事求你，你要保佑我那大儿子，你的大侄子，平安回来啊！"

母亲之所以犹豫了一下，才又对着我白毛姨妈说出这番话，是她怕引起更大的伤感。她是竭力压抑着，压抑着，不在这个应该高兴的日子，想她那被日本鬼抓去了的大儿子，想我的大姐。可是母亲已经无法控制了，母亲望着远方，悲愤地喊了起来：

"我的儿啊，你何时才能回来啊？我日日夜夜在想着你，念着你，挂着你啊！我的心口夜夜在流血，夜夜在发痛啊！你梦也不托一个给我啊！你到底是死还是活啊！……"

这回，父亲没有说母亲又讲犯忌的话。他大概也知道，我那大姐，是永远不可能回来了的。

这一天，在我们老街整个区域，没有出现我后来在电影、电视中看到的敲锣打鼓、扭着秧歌、舞着龙灯狮子庆祝抗战胜利、日本人投降的场面。而老街的龙灯狮子，其实是很有名的。老街区域的人，都是用像我母亲这种方式，将日本人投降的消息，告诉还能有残骸埋葬于地下的人。而无数已经无法辨认，无法确定，无数连尸体都找不到的人，无数全家乃至全族被日本人灭绝的，则依然不能得知这个消息。

我母亲开始了寻找我大姐的艰难历程。

我母亲沿着八十里山，一直往广西走，她逢人便问，看见村庄便进去打听。她详尽地描述我大姐那个男孩子的样态，就连我大姐爱吃什么，爱玩什么，都讲述了一遍又一遍。

然而她遇见的，问及的，都是摇头，都是说不知道，没见过。

看着我母亲那因长途跋涉而困乏不已的样子，看着我母亲那因焦急而变得憔悴不堪的神色，被问及的人都劝她回去，不要再找了，因为事情明摆着，落在了日本人手里，命大的，没死的，该着能回来的，已经回来了；还没能回来的，还有什么可说的呢？不要儿子没找着，找儿子的却病了，垮了，回不去了，总得替家里还活着的人着想……

我母亲只是感谢那些好心的劝阻，她依然翻山越岭，一个村庄，一个村庄地去寻，去问。

我母亲在出发前做了充分的准备，她背在背上的那个包袱里，装的全是剩饭团子和糍粑。母亲一路上先吃怕馊的剩饭团子，带在身上的饭团子全吃光后，她就用石头敲出火花，点燃茅草、枯柴，将带着的糍粑烤熟吃。她尽量节省，实在饿得不行了，才烤一个糍粑，那烤熟的一个糍粑也是分做两次吃。背在身上的糍粑都长霉了，她依然没有得到我大姐的任何消息。

我母亲横下了一条心，不得到我大姐的确切消息，她绝不回去！她不相信，那么多逃难的人，那么多被抓的人，就没有一个人见过我大姐，就没有一个人知道我大姐的下落。

终于，那些发霉的糍粑也被我母亲吃完了。我母亲只能靠乞讨来寻找我大姐了。

二十四

　　母亲本应该带一些钱在身上的，可她分文不带。她要省着钱建新铺子，建好新铺子后，还得有些钱进货。当我父亲终于说了一句"他四娘，你也带两个钱放身上，以防万一"这句话时，母亲却以"带钱在身上，遇上打抢的怎么办"回复了他。二爷也曾悄悄地对我母亲说，他陪我母亲去找我大姐，如果怕人说闲话，他只远远地跟着我母亲，绝不走到一起。我母亲说，老十二，我欠你的太多了，这辈子是还不起了，你得在家里帮他四爷建铺子，我这一去不知会有多久，没有你，光靠他四爷，那铺子是休想建起来的，等铺子建好后，我替你成个家，你就把芝芝彻底忘了，好好地去过你的日子。如果真有下世，芝芝在奈何桥上也要等着你！

　　二爷惘然地目送着我母亲离开家后，把在废墟上建铺子的全部事项都承担了下来。他没日没夜地拼命劳作，以至于有人对他说，驼四爷到底给你多少工钱啊？你这么不要命地干！二爷不吭声，只顾干他的。就连我也发现二爷变了，变得连白话都不跟我讲了。他每天除了干活，除了干活时该说的几句话，再也没见他开过口。开始时我父亲暗自高兴，说到哪里去找这么一个不要工钱，舍死帮工的人！到后来我父亲竟有点急了，他怕二爷这么干下去，真会要累死在就快竣工的铺子里。如果一个大活人，一条壮汉子，替他帮工累死了，他得负责安葬，虽说二爷没有家小，不需要抚恤，但光那安葬，说不定就去了多的。于是我父

209

亲赶忙找到二爷，二爷却不空，忙得团团转。好容易等到二爷坐下来喝水时，我父亲忙对他说：

"二爷二爷，你不要再干了，我放你的假，放你的假。"

二爷不吭声。

我父亲又说：

"二爷二爷，尽管你自己说不要工钱，那工钱我还是得照样给你。你老人家又这样舍得出力，我给你多算几天的工钱。不然，我心不安哩！"

我父亲这么一说，二爷站起，连瞧都不瞧我父亲一眼，又干活去了。

父亲终于发现，二爷只有在喝酒的时候，就会多歇息一会。于是父亲每餐要他喝酒。父亲对他说：

"二爷二爷，你只管吃酒，啊，只管吃。吃醉了就睡觉，尽你睡，我不准别人来吵烦你。"

可二爷喝酒却是喝不醉的。无论我父亲给他多少酒，也无论他喝得是如何地令我父亲目瞪口呆，他将酒杯一放，就又干活去了。

……

去找我大姐的母亲还没有回来，位于老街下街的"盛兴斋"，却又重新开张了。

开张这一天，二爷不见了。

父亲也曾打发我去寻找二爷，要二爷来喝开张的喜庆酒。但我找遍了老街，又在江边转了一大圈，并放肆地喊，也没见着二爷。

而且从这以后，我再也没见过二爷。

我长大成人且参加工作后，回老街来探亲时，听说过有关二爷的事。

当老街后面开始修建一条从日本人曾设伏之处——观瀑桥通往宝庆

的公路时，二爷因被那个鬼子头小队长封了几天维持会长（这其实又是二爷自己说出来的，许是他为了表明自己埋葬菜园子里的女人尸体，疏通扶夷江，以及从鬼子头手里逃出来的胆量和本事，并曾劝过神仙岩里的人外逃，可神仙岩里的人不听他的哩！二爷自从离开"盛兴斋"，自从不愿再见我母亲后，便常常酗酒，口无遮拦）被打成了汉奸。打他的汉奸并不是毫无道理，这道理早就由神仙岩里的人说过了，那就是：别人为什么不能逃出来，而单单你二爷能够逃出来？逃出来后不是躲得不见踪影，反而直上神仙岩，什么给神仙岩的人报信，是给日本人当侦探哩！这看事情得看本质，特别是要透过现象看本质！这一透过现象，可就把二爷的本质给看清了。再说别地方都有汉奸，这老街难道就没有一个？更何况老街死了这么多人，没有汉奸，日本人能办得到？尤其是那神仙岩，没有汉奸，日本人能找到？于是汉奸就非二爷莫属了。本来我母亲也有嫌疑的，但说我母亲是跟着二爷上神仙岩的，她那么一个女人，不可能有什么主见，最多也就是上当受骗。同时也有个"再说"，再说这个女人又没被日本人抓住过。而我母亲亲手杀死的那个日本鬼，没有几个人相信，除了不相信一个女人竟然能够杀死一个人见人怕的日本鬼外，主要还是没有证据，首先是物证，物证在哪里呢？没见着那个日本鬼的尸体。这个物证连我母亲也拿不出，因为那个日本鬼的尸体早就被日本兵抬走了，不知埋在哪里，也不知是不是被丢进江里，抑或是烧成灰带回日本去了。其次是人证，人证只有二爷作证，可一个汉奸作的证，能算作证么？

二爷这个汉奸没被判刑，而是交由生产队管制。由生产队管制时，没人敢接近他，也无人愿接近他。说他独身一人住在一座破庙里。我曾猜想那座破庙，是不是我母亲将香灰撒进日本鬼眼里的那座庙，只是很快就被我否定了，因为如果是那座庙，远在就连合作化组织都难以将人集合拢来开会的八十里山中，就无法管制他了。

倒是有一种说法，说是有一个女人常偷偷地给二爷送些吃的，但也只送了几个月，就被人发现了，不准送了。持这种说法的都说那个女人忒胆大。我猜想这个忒胆大的女人应该就是我母亲。

我记得我曾对我母亲说过，二爷怎么还是单身一人呢？他难道就真的找老婆不到？母亲说，别看你二爷如今受管制，他真要找一个女人，还是能找得到的，是他自己不肯找。我问为什么？母亲说，他是怕自己这个汉奸的名声影响崽女。唉——，母亲长长地叹了一口气。我又说，在我很小的印象里，二爷不应该是汉奸。我要我母亲去跟人民政府讲一讲，取消对二爷的管制。母亲却又是长长地叹了口气。

不知为什么，母亲原来那敢做敢为，甚至连规矩都敢破，连规矩都敢自己去立的勇气和胆量，全消失了，湮没了，不见了，不存在了。母亲原来那凡事都想在前头，看问题总是先人一着，都能做出个准确判断，都能以防万一的智慧，也不存在了，或者叫凡事都预料不准了。

母亲只以叹口气来回答我的话，父亲则赶紧说，讲不得，讲不得，自己的事还清不了场呢！我倒是理解父亲的这句话，因为我家那"盛兴斋"铺子重新开张后不到几年，就解放了，划成分了，我家因为这个重新开张的铺子，给划了个小土地经营，虽说政策上并未被列入地主、富农之列，其实被人看作是二地主。有时我想，被日本鬼那把大火烧掉的铺子，烧掉的这个"盛兴斋"，我母亲不那样节省，不那样亏了自己，不重新再建就好了，那我家就是真正的贫雇农了！不，应该是真正的雇农！比贫农的成分还要低！可是我又想，倘若那烧掉的铺子都不去重建，任凭老街是一片废墟，那不就正好被那个鬼子头说中了：老街就不再存在了吗？

二爷后来被判了死刑。那死刑不是法院判的，判二爷死刑时已经没有什么法院了。二爷是在"文化大革命"中被群众专政宣判的。那时我母亲已经快六十岁了。快六十岁的母亲竟冲进了宣判枪毙二爷的大会场，高喊她要去陪斩。这"陪斩"也许是我母亲用错了词，也许是我母亲太急了，急得那"急心疯"又犯了，乱喊，就喊出了个"陪斩"。按照我母亲对历代法律的理解，凡是平民百姓，只要没有血债就不会被杀头的。

二爷被枪毙后不久，我母亲也去世了。

二十五

我母亲为了寻找我大姐，在没有吃的情况下，仍然不肯往回走，仍然继续翻山越岭，找村落，去打听。她虽然可以说是进了乞讨的行列，但她并不是请求别人施舍，而是去问人家有事做没有？她用帮人家做事，譬如洗衣服哪，譬如挑水哪，又譬如去砍些柴哪，来换取一两餐饭吃。至于夜里睡觉，人家能有一个地方让她睡一睡，她就表示感谢，人家若是没有那个意思，她就在外面找个避风的地方躺下。因为她根本就不怕有人来欺负她。当然，她也有害怕的时候，但她一害怕时，就用连日本鬼都被她杀了的事来壮自己的胆。

整整三个月，我母亲几乎走遍了全州的每一个村落，终于找到了那位分南瓜给我大姐吃的老人。

老人只知道我大姐第一次逃出来的事情，也就是我大姐跟他说过的那些如何被抓，在路上看见些什么，又是如何逃出来的事。而我大姐第二次被抓，虽然是和老人同时被抓的，但日本鬼这次将老人和年轻一点的分开关押。老人曾说我大姐是他的孙子，结果还是被分开了。从此就再也没见过我大姐。老人只是可以肯定一点，我大姐第二次被抓时，那些日本兵，不是第一次抓我大姐的日本兵。因为刚被抓时，老人曾悄悄地问过我大姐，是不是原来抓她的鬼子，老人想着如果是原来那帮鬼子，那就更加不得了！我大姐连连摇头，说不是原来那帮鬼子，不是原来那帮鬼子。

老人说他能够活下来，那真是无法去讲。他本来已经倒毙在路上，不光是日本鬼以为他死了，就连同村的也都以为他死了。可他后来竟活了过来。

当我母亲告诉老人，那孩子其实是她的大女儿时，老人的脸色变了。

老人颤抖着说，他们被抓后，一到夜里，日本鬼就将他们的衣裤全部剥光，拿走……

我那刚满十岁的大姐的命运，已经可想而知了。

日本人投降的第二年，被烧毁的老街又成了一条街。

老街又成了一条街时，江风已吹得人脸上起苦瓜皮皱褶。而街上的人，依然只穿着一条青布吊脚大筒裤。那仅存的一点钱，全都投入铺子的重建上去了。身上能卖的东西，也全都卖了，卖了换钱建铺子。

脚上自然不会有袜子，趿拉着一双家制千层底布鞋，裤脚和鞋口的空处，露出一截鱼鳞状硬瘢，黑红黑红的。并不是他们不怕冻，而是为了省下那做裤子的半尺布，和那双袜子钱。

铺子的主人虽然多了许多新面孔，但在街上一见面，依然是先要打点礼性问候。

"你老人家，吃了吗？"

"吃了哩，你老人家。"

或者是：

"你老人家，吃了吗？"

"嘿嘿，你老人家，日光还早哩！"

214

回答的所谓"日光还早"，其实就是没吃，省一餐算一餐，省下来的粮食，也是为了开铺子。

尽管是勒紧裤带，但不能说没吃，老街人依然讲究那面子。

2004年秋冬之交，完稿于新宁白沙、长沙；

2014年9月修订于长沙